SAINCT EVSTACHE MARTYR.

POËME DRAMATIQVE

DE BARO.

A PARIS,
Chez ANTOINE DE SOMMAVILLE, au Palais,
dans la petite Salle, à l'Escu de France.

M. DC. XLIX.
Avec Privilege du Roy.

ADAME,

Cet Illuſtre Martyr que ie prends la
hardieſſe d'expoſer aux yeux de Voſtre
Majeſté ſe flatte d'vne eſperance qui ne
ſera peut-eſtre pas vaine, & croit auec

quelque iuſtice que le recit de ſes peines
apportera quelque conſolation à vos dé-
plaiſirs. Voſtre vie & la ſienne ont vn rapport qui me donne de l'eſtonnement &
de l'admiration tout enſemble, & ſi l'on y
peut trouuer quelque difference, elle ſer-
uira ſeulement à faire voir que voſtre vertu ayant eſté plus éprouuee, elle doit eſtre
auſſi plus glorieuſe. Placide eſtoit ſorti
d'vn ſang dont Rome conſideroit la No-
bleſſe, mais l'Hiſtoire ne marque pas qu'il
euſt comme vous pour Ayeulx vne lon-
gue ſuite de Rois, & parmi les biens qu'il
perdit elle ne conte point de Couronnes.
Il fut l'innocent & le miſerable ſpectateur
de l'enleuement de ſa femme, dont l'honneur faillit d'eſtre la proye d'vn rauiſſeur
inſolent ; & Voſtre Majeſté peut dire auoir
veu la moitié de ſoy-meſme, ou plutoſt
ſon tout entre les mains des bourreaux,
dont la rage criminelle a triomphé de ſon
honneur & de ſa vie. A peine, MADAME,
qu'en eſcriuant ces paroles mon ame n'a-
bandonne mon corps, & ne ſe meſle aux

larmes de fang que ie verfe. Ma douleur va dans vn excez qui ne peut eftre furpaffé que par le voftre ; Et certes fi iamais la re-cognoiffance fut capable d'exciter vn iu-fte reffentiment, elle doit produire cet ef-fect en moy, qui receus autrefois de la ge-nerofité de ce Prince des bienfaits qui ne mourront iamais en mon fouuenir. Ie fçay bien, MADAME, que m'ayant efté procu-rez par Voftre Majefté, voftre bonté en doit partager la gloire, mais elle me per-mettra de dire à l'auantage de ce Monar-que infortuné, que quand il eftoit que-ftion de faire du bien fon efprit ne fouf-froit point de violence, & qu'il eftoit bien plus difficile d'arrefter fa liberalité que de l'émouuoir. Qui fçaura l'eftat où Voftre Majefté fe rencontre maintenant apres des pertes fi funeftes, verra bien que le prefant que i'ofe luy faire eft pluptoft pour m'acquitter des graces que i'en ay receuës que pour en attirer de nouuelles. Dieu m'eft témoin que ie n'ay rien que ie ne fois preft à facrifier pour vos interefts, &

ã iij

que ne pouuant pas me vanter d'auoir vne
fortune qui puiſſe contribuer quelque
choſe à vous faire rendre ce que la rebel-
lion & l'iniuſtice vous ont en quelque fa-
çon raui, i'ay au moins quelques reſtes de
vie que i'y employeray auec chaleur, &
auec autant de paſſion que i'en ay d'eſtre
creu,

De Voſtre Majeſté, MADAME,

Tres humble, tres-obeiſſant, tres-
fidelle , & tres-obligé ſeruiteur,

BARO.

ADVERTISSEMENT.

CHER Lectevr, *Ie ne te donne pas ce Poéme comme vne piece de Theatre où toutes les regles seroient obser-*
uées. Le sujet ne s'y pouuant accommoder, c'est sans dou-
te que ie n'y aurois point trauaillé si ie n'y auois esté forcé par
vne authorité souueraine. La mesme obeissance qui me le fit com-
poser me le fait mettre en lumiere, apres m'en estre deffendu de-
puis dix ans. Et i'ay creu enfin que ie deuois cette iustice au sieur
des Fontaines qui a fait imprimer le sien sans se nommer, de
ne souffrir point que son nom & le mien fussent confondus dans
vn mesme ouurage. Il est iuste qu'on ne m'attribuë point ses
graces, & qu'on ne le charge pas de mes defauts. En vn mot,
ie suis bien ayse qu'en cette rencontre, comme en toute autre cho-
se, on rende à chacun ce qui luy appartient. Au reste, tu trou-
ueras à mon auis peu de fautes en l'impreßion, ie l'ay corrigee
assez exactement, & pourtant ie n'ay sceu empescher qu'il ne
s'y soit glißé vne transposition qui fait dans le vers vne fau-
te de nouice, c'est en la page 49. ligne 15. où l'on a mis Void
succeder ici à l'esclat de la gloire, *au lieu de mettre* Void ici
succeder à l'esclat de sa gloire, &c. *Veüille ma bonne fortune*
que trouues dans la conuersion de Placide vn exemple qui te
serue. Adieu.

ACTEVRS.

TRAIAN,	Empereur.
PLOTINE,	Femme de l'Empereur.
PLACIDE,	Euſtache.
TYRSIS,	Amoureux de Trajane.
TRAIANE,	Teopiſte femme de Placide.
AGAPITE,	La Fortune.
	Fils de Placide & de Trajane.
TEOPISTE,	La Fleur.
MATELOT,	
FLORE,	Bergere.
LISIS,	
MESSAGER,	
ARBILAN,	
AMINTOR,	
PRETEVR,	
SOLDATS.	

LA SCENE
Rome & ſes enuirons.

ST EVSTACHE MARTYR.

ACTE I.

SCENE PREMIERE.

TRAIAN, PLACIDE, PLOTINE,
TYRSIS.

TRAIAN.

NFIN sous tes lauriers on void croi-
stre nos palmes.
Placide, ta fortune & l'Empire sont cal-
mes,
Rome sur le debris des Parthes abbatus
Va dresser vn trophee à tes rares vertus.

A

Que dis-je ? ta valeur en merueilles feconde
A presque assujetti tout le reste du monde,
Et mon regne fameux n'a point eu d'ennemis
Qu'auiourd'huy ta conduite ou ton bras n'ait souf-
    mis.
Apres des actions si dignes de memoire
Quel cœur assez brutal ? & quelle ame assez noire
Ne confessera pas qu'on doit à tes exploits
Le triomphe éclattant des armes & des loix ?
Par les beaux sentimens que la gloire t'inspire
La guerre & les ennuis ont quitté cet Empire,
Et les champs que fouloient nos bataillons espaix
Ne sont plus qu'vn objet d'abondance & de paix.

PLACIDE.

Adorable Empereur, & qu'à bon droit on nomme
Les delices du monde & la gloire de Rome,
De vous, ny de l'Estat ie n'ay rien merité
Lors que de mon deuoir ie me suis acquitté :
C'est vne loy commune où l'honneur nous conuie
Que d'exposer pour vous & les biens & la vie,
Et si vous en gardez le moindre souuenir,
C'est le prix le plus grand qu'on en puisse obtenir.

PLOTINE.

Le plus grand ? ah ! Placide, il faudroit que nostre
    ame

Se noircift pour iamais & de honte & de blâme,
Si nous ne faifions voir par quelque autre action
Iufqu'où va ton merite & noftre affection,
Il faut qu'on puiffe lire au pied de tes ftatuës
Combien de Nations ta main a combattuës,
Combien ta preuoyance a de maux euiteᶻ,
& combien ton courage a de Monftres domptez,
Il faut que tes trauaux meflez de tes victoires
Soient comme le fujet l'ornement des hiftoires,
Et que ton nom cogneu du dernier des mortels
Le force à te donner des vœux & des autels.

PLACIDE.

De la pofterité receuoir cet hommage,
C'eft le deftin des Dieux dont vous eftes l'image,
C'eft à vous de pretendre, & d'exiger les vœux
Que la vertu demande à nos derniers Neueux.
De moy qui n'ay rien fait qu'expofer ma perfonne,
Comme vn foible fouftien d'vne illuftre couronne
Quel feruice fi grand a pû rendre mon bras
Que ne vous ait rendu le moindre des foldats ?
Auffi ie n'en recherche aucune recompenfe,
L'objet de mes defirs & de mon efperance
Eft de goufter vn bien dans l'aife de la paix
Qu'aucune ambition n'interrompe iamais,
Au poinct où mes Ayeux ont laiffé ma fortune
L'auare faim de l'or mon efprit n'importune,

A ij

Et dans le iuste soin d'auoir tout ce qu'il faut
Mon ame craint l'excez autant que le defaut,
Ainsi comme il le doit mon esprit se limite,
I'accorde mes desirs auecque mon merite,
Et ne demande rien au caprice du sort
Sinon qu'à ma naissance il compare ma mort.
Croyez-le, grand Monarque, & souffrez que ma
    vie
Se dérobe elle-mesme au pouuoir de l'enuie,
Maintenant que la paix a mes bras desarmez,
Ils cherchent les plaisirs qu'ils ont accoustumez.
Ils vont recommencer vne guerre sanglante
Mais bien moins inhumaine & bien moins violente.

TRAIAN.

Ie lis dessus ton front le bien où tu pretends,
Tu veux reprendre ici tes premiers passe-temps,
D'vn paresseux repos ton ame est ennemie,
Et de peur de se voir laschement endormie,
Apres auoir vaincu tant de fameux guerriers
Elle cherche à dompter les Ours & les Sangliers.
Et bien, mon cher Placide en ce bel exercice
Gouste vne volupté qui iamais ne finisse,
Fay que tes bras adroits aussi bien que puissans
Rougissent chaque iour de meurtres innocens,
Ie veux contribuer à l'excez de ta ioye,
Et t'offrir deux leuriers les plus nobles qu'on voye,

Qu'on les aille querir. Ils sont grands & si forts
Que le moindre abbatroit vn sanglier corps à corps.
Si d'vn si foible prix i'honore ton courage,
Ton humeur me defend de faire dauantage,
Et ton ame obstinee à ne rien receuoir
Impose malgré moy des loix à mon pouuoir.

PLACIDE.

Si mon ame s'obstine à refuser les marques
Dont la daigne honorer le plus grand des Monar-
    ques,
C'est pource qu'elle veut que vostre Majesté
Mesle vn peu de iustice auec tant de bonté,
Vous deuez reseruer pour des objets plus dignes
L'inestimable prix de vos faueurs insignes,
Et ne profaner pas .....

TRAIAN.

         Placide, c'est assez,
Rien ne sçauroit payer tes seruices passez,
Pour preuue toutefois de ma recognoissance,
Encor que ce present ✱ soit de peu d'importance,   ✱ On luy presente
Reçoy-le de ma main, ô Genereux vainqueur!   les deux leuriers.
Et croy qu'auecque luy ie te donne mon cœur.

PLACIDE.

Puisque c'est vne loy que mon Prince m'impose,
A   iij

I'accepte pour luy plaire vne si belle chose,
Tout prest de luy montrer mesme par mon trépas
Qu'à ce qu'il veut de moy ie ne resiste pas.
Dieux que leur port est noble & leur taille bien prise
Ces climats separez, qu'abbreuue la Tamise
N'ont rien veu de pareil.

TRAIAN.

Ils en viennent pourtant.
Mais veux-tu m'obliger, ne les vante pas tant,
Voy ce qu'ils sçauent faire; & va nouueau Cephale
Iuger si leur vistesse à leur force est esgale.

PLACIDE.

Ie vay vous obeïr, car pour les esprouuer
Voici le plus beau iour que l'on sçauroit trouuer. ✱

Il sort.

TRAIAN.

Enfin puisque Placide auecque tant d'estude
Semble nous retenir dans quelque ingratitude,
Puis qu'il craint qu'on luy donne, & que c'est l'of-
    fenser
De parler seulement de le recompenser,
Donnez-moy vos conseils, quel dessein puis-je faire
Ie voudrois m'acquitter, mais non pas luy desplaire,
Cherchons quelque moyen qui puisse soulager
L'impatient desir que i'ay de l'obliger.

PLOTINE.

Vn conseil sur ce poinct n'est pas bien difficile,
Au siecle où nous viuons chacun ayme l'vtile,
Et par vn sort auare & qui doit estonner
Tout le monde sçait prendre & peu sçauent donner.
Ie sçay bien que Placide a beaucoup de courage,
Qu'il peut voir d'vn mesme œil & le calme & l'o-
    rage,
Et que son cœur exempt de toutes vanitez,
Mesprise les tresors comme les dignitez.
Mais Trajane sans doute vn peu moins desdai-
    gneuse
Suiura les mouuemens d'vne ame ambitieuse,
Et si de quelque tiltre on la flatte auiourd'huy
Tout ce que vos efforts n'ont pû gagner sur luy,
L'auarice ou l'orgueil l'emportera sur elle.

TRAIAN.

Ah! ne l'esperez pas, cette femme fidelle
Aux nobles sentiments d'vn genereux Espoux,
Quoy qu'on luy veüille offrir se mocquera de nous.
Leur courage n'est qu'vn, leur volonté n'est qu'vne,
Ils sont esgalement contens de leur fortune,
Et nous differons peu dans nos conditions,
Puis qu'ils sçauent regner dessus leurs passions.

TYRSIS à part.

Helas! depuis le temps que ie languis pour elle
Ie n'ay que trop cogneu combien ell'eſt fidelle.
Mais cachons bien l'ardeur de cette paſſion.

PLOTINE.

Il faut auoir recours à quelque inuention,
Il n'eſt point de preſent qui ne ſoit receuable
Si l'on ſçait le couurir d'vn pretexte honorable,
Offrez-luy ſous l'eſclat d'vn métail precieux
Mars, Saturne, Apollon, ou quelque autre des
　Dieux,
Puis qu'à les receuoir ſa pieté l'engage,
Elle prendra de l'or en prenant leur image.

TRAIAN.

I'approuue ce deſſein, il faut l'executer,
Quel blâme pour cela me peut-on imputer?
Ie ſeray ſatisfait, elle ſera contente,
Et iamais trahiſon ne fut plus innocente.
La voici, va Lyſis où repoſent mes Dieux,
Apporte le plus riche & le plus precieux,
Depeſche.

LYSIS.

I'obeïs.

PLOTINE.

ACTE I.

★

PLOTINE.

    Enfin cet œil humide,
Ce bel œil qui pleuroit l'absence de Placide,
Void auecque plaisir succeder à leur tour
Aux rigueurs d'vn depart les douceurs d'vn retour?

TRAIANE.

Enfin l'heureux moment qui fait cesser mes craintes
A fait cesser aussi mes larmes & mes plaintes,
Et le mesme retour que vous nommez si doux
Vous rend vn seruiteur s'il me rend vn Espoux.

TRAIAN.

Il me sert, il est vray, mais sa gloire est si grande
Que lors qu'il m'obeït, ie croy qu'il me commande,
Son merite me charme, & me plaist à tel poinct
Qu'il regne sur vn cœur où ie ne regne point,
Oüy, Placide est sur moy plus puissant que moy-
 mesme.

TRAIANE.

S'il est aymé de vous sa fortune est extréme,
Et quelque vanité qui le puisse flatter
Il a plus obtenu qu'il n'a sceu meriter.

B

TRAIAN.

Les efforts qu'il a faits pour vanger nos querelles
Esclattent à nos yeux sous des marques si belles
Que pour payer ses soins tant de fois esprouuez,
Il faut luy presenter les Dieux qu'il a sauuez.
Eux seuls dont la puißance est feconde en mer-
    ueilles
Peuuent estre l'object & le prix de ses veilles,
Mais il faut qu'vne main belle & sainéte comme
    eux
Confacre à ce guerrier vn prefent si fameux,
La voftre à cet effect par nous-mefme choifie
Doit foulager l'ardeur dont noftre ame est faifie,
Et c'est vous que nos vœux reclament auiourd'huy
Pour luy faire vn prefent qui foit digne de luy.

* Il luy prefente
la figure d'vn
Iupiter enrichie
de pierreries.

Ce Iupiter * armé de ce mefme tonnerre,
Qui foudroya l'orgueil des enfans de la Terre,
Marquera que Placide en fes derniers exploits
A terraßé l'orgueil des Princes & des Rois,
Comme il nous a couuerts de fon bras falutaire
Que ce Dieu deformais foit fon Dieu tutelaire
Et comme il est autheur de nos felicitez,
Qu'il le comble de gloire & de profperitez,
C'est le dernier fouhait dont ma bouche feconde
Les vœux que fon merite obtient de tout le monde.
Adieu.

TRAIANE.

Quoy ? s'éloigner sans vouloir seulement
Voir les moindres effects de mon ressentiment.
Ah ! Sire, permettez, mais en vain ie l'appelle,
Il faudra malgré moy que ie sois criminelle,
Et qu'ingrate enuers luy pour vn present si beau,
I'emporte ses faueurs iusques dans le tombeau,
Madame, pour le moins.....

PLOTINE.

Que faut-il que ie fasse ?

TRAIANE.

Aydez à recognoistre vne si grande grace.

PLOTINE.

Elle n'est rien au prix de nostre affection.
Adieu vous le verrez par quelque autre action. ✶ *Elle sort.

TRAIANE.

Monarque souuerain du Ciel & de la Terre,
Qui disperses les biens ou lances le tonnerre,
Selon que nostre crime ou nostre pieté
Anime ta colere ou presse ta bonté,
Supplee à mon defaut, seconde mon courage,
Respands à plaines mains sur ta viuante image,

Cette gloire esclattante, & ces riches trefors
Qui font tout le bonheur & de l'ame & du corps,
Et vous gages facrez, d'vne amour conjugale
Dont la main quelque iour aux rebelles fatale
Par mille & mille exploits iuftement attendus
Marquera de quel fang vous eftes defcendus,
Secondez, à genoux pour le bien de l'Empire
Les vœux & les difcours que mon deuoir m'infpire.
Iupiter.

AGAPITE.

Iupiter.

TRAIANE.

Dieux puiffants !

TEOPISTE.

Dieux puiffants !

TRAIANE.

Mais d'où peut proceder le trouble que ie fens ?
Ah ! Placide paroit, fon vifage & fon gefte
Expriment à mes yeux quelque accident funefte.
Placide ?

⋆

SCENE 3.
PLACIDE,
TRAIANE,
AGAPITE,
TEOPISTE.

⋆

PLACIDE.
Ah ! qu'ay-je veu ?

TRAIANE.
D'où vient ce changement ?

PLACIDE.

Ie te dirois ma crainte & mon eſtonnement.
Mais la voix me defaut.

TRAIANE.

Quelque Monſtre peut-eſtre
A cauſé la frayeur que vous faites pareſtre.

PLACIDE.

Ah! quel Monſtre, ou plutoſt quel prodige d'amour
Dont les yeux plus brillants & plus beaux que le
* iour*
Lancent des traits de feu qui reduiroient en cendre
Les cœurs les plus glacez.

TRAIANE.

Ie ne puis vous entendre,
Quelque beauté ſans doute a vos ſens enchantez.

PLACIDE.

Oüy, mais vne beauté, la ſource des beautez.

TRAIANE.

Vous l'aymez?

PLACIDE.
Ie l'adore.

TRAIANE.
Ah! Placide, vne Eſpouſe

Pour de moindres sujets peut deuenir jalouse,
Pensez-y.

PLACIDE.

Ne crains rien, ie ne veux qu'vn moment
Pour guerir ton esprit, escoute seulement.
A peine estois-je entré dans la forest obscure
Qu'vn Cerf puissant de teste, & grand outre mesure
S'est campé deuant moy ferme comme vn rocher,
Mes chiens que i'animois afin de l'approcher
Loing de presser la beste, & de leurs dents pointuës
Luy déchirer les flancs, ressembloient des statuës.
Enfin portant mes yeux du spectacle estonnez,
Tantost sur les deux chiens que Trajan m'a dõnez,
Et tantost sur le Cerf, ô prodige! ô merueille!
A peine en le contant croy-je encor que ie veille,
I'ay veu sur vne Croix s'estendre & s'esleuer
Ce Dieu qui s'est fait homme afin de nous sauuer.
Frappé de cet object ainsi que d'vn tonnerre
Mon corps pasle & tremblant a mesuré la terre,
Et si i'ay pû suruiure à cet estonnement
C'est en quoy le miracle a paru doublement.

TRAIANE.

L'ombre trompe souuent par de fausses images
L'œil des plus clairuoyants, & l'esprit des plus
　　sages.

PLACIDE.

Helas! pour le cognoistre & pour en iuger mieux.
Mon oreille a pris part au plaisir de mes yeux.
Placide, m'a-t'il dit, mais d'vne voix qui porte
Le respect dans les cœurs mesme auant qu'elle sorte,
Placide, cesse enfin de t'armer contre moy,
Ouure l'œil de ton ame aux rayons de la foy,
Et rendant tes esprits de ma gloire capables
Brise de tes faux Dieux les Idoles coupables,
C'est moy seul qui de rien ay formé l'Vniuers,
La Nature me doit ses miracles diuers,
Et tout ce qui respire, ou qui paroit au monde
N'est fait que pour benir ma sagesse profonde.
Ces deux bras que ie t'ouure, & ces pieds que tu
   vois
Attachez par des clouds sur vne infame Croix
Ont serui de tribut, ou plutost de victimes
Pour expier l'horreur & l'excez de tes crimes.
Ce costé, d'vne lance a souffert la rigueur
Seulement pour t'ouurir vn passage à mon cœur,
Et ce corps immolé n'auroit point de blessures
S'il n'eust fallu du sang pour lauer tes injures.
Amour est de ma mort & la cause & l'effect,
Va, ne sois point ingrat du bien que ie t'ay fait,
Et deuant que r'entrer d'où ma voix te retire
Signale ta constance au milieu du martyre.

A ce mot se perdant dans l'espace de l'air,
L'object a disparu plus viste qu'vn esclair,
Remplißant toutefois de lumiere & de flame
Toutes les facultez, qui composent mon ame.
Voila ce que i'ay veu d'aymable & de charmant,
En serez-vous jalouse?

TRAIANE.

                    Ah! mon cœur, nullement,
Au contraire, ie sens qu'à ce recit estrange
Mon iugement s'esclaire, & ma volonté change,
Le feu qui vous consomme est venu iusqu'à moy,
Mon cœur est plein d'amour aussi bien que de foy,
& ce Dieu qui pour nous voulut cesser de viure
Inspire dans mon sein le desir de le suiure.
Dieux, ou plutost Demons ennemis des mortels
A qui nostre ignorance a dreßé des Autels,
Detestables autheurs de l'erreur où nous sommes,
Ouurage de l'Enfer & de la main des hommes,
Cedez au vif esclat d'vne Diuinité
Qui termine le cours de nostre impieté,
Vn Dieu tout plein d'appas & tout brillant de gloire
Vous bannit de nos yeux & de nostre memoire,
Sus donc brisons la teste à ce fantosme vain.

PLACIDE.

PLACIDE.

Ah ! que i'ayme à te voir dans ce iuste desdain.
Mais d'où vient ce present si digne de ta hayne ?

TRAIANE.

De la main de Trajan.

PLACIDE.

      O bonté souueraine !
Dieu puissant , permettez, qu'vn Monarque si
  doux
Brusle pour vostre amour du mesme feu que nous.
Mais nous perdons du temps , allons ma chere
  vie
Apprendre le mystere où le Ciel nous conuie ,
Et pour entendre mieux les termes de sa loy
Allons chercher vn guide au chemin de la foy.
C'est ce que m'a prescrit cette bouche adorable
Dans le soin qu'ell'a pris d'ayder vn miserable.
Hastons-nous d'accomplir de si iustes desseins,
Et pour rendre nos vœux plus iustes & plus saints,
En despit des bourreaux & du supplice mesme
Recourons au Baptesme.

TRAIANE.

Au Baptesme.

A'GAPITE & TEOPISTE.

Au Baptesme.

Fin du premier Acte.

ACTE II.

SCENE PREMIERE.

TYRSIS.

Vïsque ie ne deſire & n'eſpere plus
    rien,
Venez, venez, en foule ennemis de mon
    bien,
Accourez deſeſpoirs, & comme des furies
Exercez dans mon ſein toutes vos barbaries.
Cette ingrate me hait, ah! faſcheux ſouuenir,
Qui me deuroit aymer demande à me punir,
Et faiſant vanité du tiltre d'inhumaine
Trouue vn ſujet de gloire en l'excez de ma peine.
Et bien ſaoulons enſemble & ſa hayne & mon ſort,
Et courants de l'amour dans les bras de la mort
Meſlons parmy le ſang qu'exige ſon enuie
Les reſtes de ma flame aux reſtes de ma vie.
Ou bien puiſque l'abſence eſt funeſte à l'amour
Fuyons, mais promptement, de ce triſte ſejour,

C ij

Afin que la beauté dont la rigueur me tuë
Se desrobe à mon cœur aussi bien qu'à ma veuë.
Pour obtenir ce bien où mon ame pretend
Desia flotte à la rade vn vaisseau qui m'attend,
Ie vay des mains d'Amour retirer ma fortune
Afin de la remettre en celles de Neptune.
Aussi bien ie ne puis sans vn trouble d'esprit
Reuoir cette beauté dont l'esclat me surprit.
Ah ! bons Dieux elle vient , fuyons , l'heure nous
    presse.

✳

<table>
<tr>
<td valign="top">

SCENE 2.
EVSTACHE,
TEOPISTE,
AGAPITE,
TEOPISTE.

</td>
<td valign="top">

EVSTACHE.

Ne veux-tu point calmer cet excez de tristesse ,
Par tes souspirs fréquents mon repos est destruit,
Et la mesme douleur qui t'afflige me nuit.

TEOPISTE.

</td>
</tr>
</table>

Helas ! comment tarir mes larmes ny mes plaintes,
Ie tombe à tous momens en de nouuelles craintes ,
Chaque objet m'épouuente , & par tout où ie suis
Le Ciel offre à mon ame vne source d'ennuis.
Le faiste sourcilleux de nos Pallais superbes
Par la rigueur du feu baise auiourd'huy les herbes.
Et l'horrible fureur de ce fier Element
A destruit leur matiere auec leur ornement,
La Mort cette commune & fatale ennemie,

Par nos prosperitez autrefois endormie,
Réueillant sa colere & releuant sa faux
N'a laißé dans vos parcs bœufs, moutons ny che-
　uaux :
Pour engloutir vos champs la Terre s'est ouuerte,
Et de tous les tresors dont nous souffrons la perte
Il ne me reste plus qu'vn mortel souuenir
Que mon cœur ne sçauroit ny vaincre ny bannir.
Voila de nostre foy quell'est la recompense,
On nous a tout raui, si ce n'est l'esperance,
Et ce Dieu tout-puissant qui dompta le trépas
Quoy qu'il soit imploré ne nous assiste pas,
S'il faut quelque autre chose à sa rigueur extréme,
Qu'il prenne mes enfans, qu'il me prenne moy-
　mesme,
I'ay honte de suruiure vn si triste accident,
Et mes iours sans regret verront leur Occident.

EVSTACHE.

Teopiste vn blaspheme accompagne tes plaintes,
Ce Dieu te peut donner de plus rudes attaintes,
Souffre, & malgré le coup que son bras m'a porté
N'appelle point rigueur ce qui n'est que bonté.
Ces tresors dont l'esclat éblouißoit ta veuë
Ont vn charme qui plaist, mais vn charme qui tuë,
Puis qu'il en est bien peu qu'on ne puisse accuser,
Ou de n'en vser point, ou bien d'en mal vser,

A quoy seruent les biens ny les charges publiques,
Qu'importe d'occuper des Pallais magnifiques,
Ce Dieu par qui le Ciel aux humains est ouuert
Mourut sans posseder ny terres ny couuert.

TEOPISTE.

L'ambition, Placide, est la vanité mesme.

EVSTACHE.

Ce vieux nom s'est noyé dans l'eau de mon Bap-
   tesme,
Ne me le donnez plus, il me remplit d'horreur.

TEOPISTE.

Et bien,mon cher Eustache, excusez mon erreur,
Mais souffrez que mon cœur d'vn blaspheme in-
   capable
Donne quelques souspirs au malheur qui l'accable.
Ie sçay que nous naissons aussi foibles que nuds,
Que retournans ainsi d'où nous sommes venus,
Il faut que de nos corps nos ames dépoüillees
Quittent l'or dont nos mains sembloient estre soüil-
   lees.
Ie sçay que les grandeurs n'ont qu'vn éclat trom-
   peur,
Qui pareil au destin d'vne simple vapeur,
Prompt à se dissiper comme prompt à paroistre

Conte à peine vn moment entre mourir & naiſtre,
La mort ſourde pour tous graue de meſmes loix
Sur le front des bergers & ſur le front des Rois,
Le Noble & l'Artiſan viuent ſous ſon Empire,
& malgré les Tombeaux de Iaſpe & de Porphyre,
Dés qu'ils ſont enfermez ſous vn meſme Element,
La Terre les pourrit & traite également.
Cette neceſſité ne reſpecte perſonne.
Mais le ſeul accident qui m'afflige & m'eſtonne,
C'eſt qu'il ſemble que Dieu ſe mocque de mes pleurs,
Et que noſtre Bapteſme ait fait tous nos malheurs.
Auons-nous prouoqué ſon mépris ou ſa hayne?
Quel crime auons-nous fait pour en ſouffrir la peine,
Et pour voir ces enfans qui nous ont imitez
Gemir deſſous le faix de nos calamitez?

EVSTACHE.

Il eſt iuſte & clement.

TEOPISTE.

S'en prendre à l'innocence,
Eſt-ce vn trait de iuſtice? eſt-ce vn trait de clemẽce?
La Iuſtice a des loix que ma peine dement,
Mais dans le Ciel peut-eſtre on l'exerce autrement.

EVSTACHE.

Ma chere Teopiſte il faut que ie confeſſe

Que ie plains moins encor ton mal que ta foiblesse,
Tu murmures à tort, & resistes en vain
Aux decrets merueilleux d'vn Iuge souuerain,
Si le coupable rit, & l'innocent souspire,
Si l'vn monte aux honneurs quand l'autre s'en re-
   tire,
Si l'vn a dans sa gloire autant d'adorateurs
Que l'autre dans sa honte a de persecuteurs,
Dieu pour authoriser ces effects admirables
Se forme des raisons qui sont impenetrables,
Nous trouuans donc reduits aux termes d'endu-
   rer,
Nous deuons obeïr, & non pas murmurer.
Nous deuons nous soufmettre aux loix d'vne puis-
   sance
Qui du mal & du bien faisant la difference
Dans la seconde vie où nous deuons penser
A le droict de punir & de recompenser.
Croy-moy, ma Teopiste, arreste si tu m'aymes
Le cours de tes souspirs, comme de tes blasphemes.
Gardons-nous d'adiouster à nos autres defauts
La honte de produire vn sentiment si faux.
Baisons auec amour la main qui nous outrage
Nous trouuerons le port au milieu du naufrage,
Et ce que nous soufrons de plus iniurieux
Nous ayant abbaissez, nous rendra glorieux.

TEO:

TEOPISTE.

Ie cede à vos raisons auſſi iuſtes que ſainctes,
Ie ne me plaindray plus que d'auoir fait des plain-
    tes,
Et d'auoir fait paroiſtre en cette extremité
Trop peu de confiance, & trop de lâcheté.
Mais courons, mon Euſtache, en quelque autre de-
    meure,
Me retenir icy, c'eſt vouloir que ie meure,
Vous me deliurerez, & de honte & de ſoin,
Rendant quelqu'autre lieu de nos peines témoin.

EVSTACHE.

Tes deſirs ſont les miens, courons la terre & l'onde,
Allons ſi tu le veux chercher vn autre monde,
Tout m'eſt indifferent.

TEOPISTE.

    Nous voici prés de l'eau,
Si le Ciel à nos vœux offroit quelque vaiſſeau,
Tout preſt à faire voile, il faudroit ce me ſemble
Embarquer nos enfans, & partir tout enſemble.

EVSTACHE.

Ie vay. Mais, Teopiſte, ou mes yeux ſont trompez,
Ou quelques Matelots paroiſſent occupez.

Au soin de décharger ou d'armer vn nauire.
Amis ?

*

SCENE 3.
MATELOT,
EVSTACHE,
TEOPISTE.

*

MATELOT.

M'appellez-vous ?

EVSTACHE.

Oüy.

MATELOT.

Pourquoy ?

EVSTACHE.

Pour te dire
Que si quelque nauire estoit prest à partir
Tu nous ferois faueur de nous en aduertir.

MATELOT.

Où voulez-vous aller, en Egypte ?

TEOPISTE.

Il n'importe,
Quelque estrange climat où le vaisseau nous porte
Il sera nostre Azyle.

MATELOT.

Attendez vn moment,
Vn Seigneur doit partir qui presse extremement,

Ie vay luy demander ce qu'il veut que ie fasse,
Le nauire est à luy.

TEOPISTE.

Va, fay-nous cette grace,
Et s'il peut par tes soins nous souffrir & nous voir
Ameine ta chaloupe, & vien nous receuoir.

MATELOT.

Ie n'y manqueray point.

TEOPISTE.

Peut-estre, cher Eustache,
Nos maux dans cet exil auront quelque relâche,
Et Dieu consentira que nous trouuions ailleurs
Vne terre plus douce & des Astres meilleurs.

EVSTACHE.

Quoy qu'il puisse ordonner sa volonté soit faite,
Le bon-heur le plus grand que mon ame souhaite
Est de se conformer sans reserue & sans choix
Au decret souuerain de ses diuines loix.
Mais cet homme reuient.

TEOPISTE.

Si tost ?
EVSTACHE.
Oüy, c'est luy-mesme.

MATELOT.

Madame, on vous defire, entrez, le Ciel vous ayme,
Tout rit à vos defirs, ç'a donnez-moy la main.

EVSTACHE.

Et nous ?

MATELOT.

Ie fuy mon ordre. ✱

EVSTACHE.

* Il enleue Teo-
piſte.

　　　　　　　Ah! barbare inhumain,
Tu fuïs, & le deftin fecondant ton enuie
Me vole par tes mains la moitié de ma vie.
Retourne defloyal, homme lâche & fans cœur,
Vien acheuer fur moy ta derniere rigueur.
Vien m'ouurir l'eftomac, & d'vne main fanglante
Ioindre vne moitié morte à fa moitié viuante.
Retourne encor vn coup rauiffeur infolent,
Ma mort doit couronner ton deffein violent,
Vien rauir à mes yeux la clarté qui me refte,
Et m'ayant obligé par vn coup fi funefte,
Va, riche de mon bien, te foufmettre à la foy
D'vn Element moins traiftre & moins cruel que toy.
Mais helas! c'eft en vain que ma voix te reclame,
Tu méprifes le corps dont tu poffedes l'ame,
Tu fuys, & ta chaloupe aydant à ton forfait
Va décharger bien-toft le vol qu'elle m'a fait.

Ie ne te verray plus aymable Teopiste ,
Cher objet de mes vœux où ma gloire consiste ,
De mesme que mes pleurs mes cris sont superflus,
Mon ame , c'en est fait , ie ne te verray plus :
Ie ne te verray plus merueille de nostre âge ,
Espouse toute belle , espouse toute sage ,
Beau corps, trône viuant où regnoient les vertus,
Helas! le Ciel le veut , ie ne te verray plus.
Gages de nostre amour accompagnez mes larmes ,
Déployez , déployez ces innocentes armes ,
Peut-estre que le Ciel touché de nos malheurs
Voudra prester l'oreille à la voix de vos pleurs.

AGAPITE.

Quand nous aurios receu de moins rudes attaintes,
Vostre exemple , mon pere , attireroit nos plaintes,
Et nous serions heureux s'il dépendoit de nous
D'arrester du destin l'implacable courroux.

EVSTACHE.

Le Ciel vous peut vanger, desia sous vn nuage
Le Soleil a caché l'éclat de son visage,
La Terre deuient sombre , & l'air s'est obscurci.

TEOPISTE fils.

Il pleut.

EVSTACHE.

Oüy, le broüillards vient fondre iufqu'ici,
Et puifque ce torrent court defia les campagnes,
Quelque orage eft tombé fur ces proches montagnes.
Cependant que fon cours n'eft point trop dangereux
Ie vay le trauerfer, & vous paffer tous deux,
Agapite attends-moy. L'eau n'eft pas trop profonde.
Ie vay querir ton frere. O douleur fans feconde !
Un Loup me le rauit, ce Monftre furieux
Le dérobe à la terre auffi bien qu'à mes yeux.
Courons.

Il en met vn à bord, & cependant qu'il va querir l'autre vn Loup & vn Lyon les rauiffent en mefme temps.

TEOPISTE fils.

A mon fecours, mon pere.

EVSTACHE.

Ah ! l'infortune,
La difgrace de l'vn eft à l'autre commune,
Vn Lyon me l'enleue, & dans ce bois prochain
Va faouler tout enfemble & fa rage & fa faim,
Horreur de la Nature, & l'effroy de la Terre,
Monftres nez, feulement pour me faire la guerre,
Pour vous ces foibles corps font encor trop petits,
C'eft moy qui dois faouler vos fanglants appetits,
Efpargnez, par pitié cette chair innocente,
Voicy le mefme fang qu'Euftache vous prefente,
Dont vous ferez plutoft & bien mieux affouuis
Que de ces deux enfans que vous m'auez rauis.

Ou si desia leur mort a deuancé la mienne ,
Retournez sur vos pas que rien ne vous retienne ,
Et venez vous repaistre Animaux deuorants
D'vne mesme substance en trois corps differents.
Toy le premier autheur des peines que i'endure ,
Traistre & fier Element creuse ma sepulture,
Et puisque mon malheur ne se peut diuertir
Ouure-moy quelque gouffre afin de m'engloutir.
Pour me perdre plutost ie te preste des armes,
Ie mesle à ce torrent le torrent de mes larmes ,
Heureux si ie finis ma vie & mes douleurs,
Ou dans l'eau du torrent, ou dãs l'eau de mes pleurs.
Mais ie me flatte ici d'vn secours impossible,
Ie ne consulte rien qui ne soit insensible ,
Dieu seul me peut donner quelque soulagement ,
Et qui le cherche ailleurs manque de iugement.
Cependant pour trouuer dans ces bois effroyables
De ceux que i'ay perdus les reliques aymables
Cherchons dans ces hameaux vn guide officieux.
Quelqu'vn tout à propos se presente à mes yeux.

★

EVSTACHE.

Bergere ainsi le Ciel vos souhaits accomplisse,
Puis-je esperer de vous vn charitable office ?

FLORE.

Vous pouuez esperer de l'estat où ie suis
Et tout ce que ie dois , & tout ce que ie puis.

EVSTACHE.

Est-ce à vous qu'appartient cette maison champe-
stre ?

FLORE.

Depuis assez long-temps mon pere en est le mai-
stre.

EVSTACHE.

Puis-je luy dire vn mot ?

FLORE.

Il ne tardera pas,

Le Soleil va marquer l'heure de son repas.

EVSTACHE.

N'a-t'il que vous d'enfans ?

FLORE.

Il n'a que moy de fille,

Mais deux fils grands & forts augmentent sa fa-
mille,
Qui sont tout son tresor comme tout son appuy.

EVSTACHE.

Où sont-ils maintenant ?

FLORE.

Ils sont auprez de luy.

EVSTA-

EVSTACHE.

Contents ?

FLORE.

Comme des Rois, rien ne les importune,
Ils viuent à couuert des coups de la Fortune,
Et sçauent éuiter les appas dangereux
De cette passion qui fait les malheureux.

EVSTACHE.

Vous en sçauez beaucoup.

FLORE.

En ses ieunes années
Mon pere moins prudent eut d'autres destinées,
Il seruit à la guerre, il courtisa les Grands,
Mais ayant auiourd'huy des desseins differents
Dans l'aymable repos d'vne contraire vie
Il nous conte les maux dont la Cour est suiuie.

EVSTACHE.

Mais encor qu'en dit-il ?

FLORE.

Qu'on n'y cherche que soy,
Qu'on n'y void obseruer ny parole ny foy,
Que le mensonge y regne auecque l'artifice
Dans vn trône basti des mains de la malice,
Qu'il n'est rien de si fort qu'on ne veüille affoiblir,
Qu'on destruit tout le monde afin de s'establir:
Qu'on y void par vn coup qui blesse la nature

E

Les vices en effect, les vertus en peinture,
Que le luxe y triomphe auec l'impureté,
Que ces deux noms fameux Iustice & Verité
Sont deux termes sacrez, où personne ne touche,
Ou s'ils sont quelquefois prononcez, par la bouche,
C'est auec tant de fard qu'on remarque aysément
Qu'elle fait violence au cœur qui la dement.
Qu'à peine en tout vn siecle a-t'on trouué dãs Rome
Vn seul homme qui fust veritablement homme,
Et dont le sage esprit d'interest dépoüillé
De ces vices communs ne se trouuast soüillé :
Que dans les entretiens on n'y fait que médire,
Que lors qu'on doit pleurer on fait semblant de rire.
En vn mot il nous dit toutes vos qualitez,
Si l'humeur ne dement l'habit que vous portez.

EVSTACHE.

Bergere, mon malheur qui n'a point de limites
Marque en moy des defauts plus grands que vous
* ne dittes.*

LE PERE.

Flore ?

FLORE.
I'entends sa voix, le feray-je venir ?

EVSTACHE.

Non, ne l'appellez pas, ie vay l'entretenir.

Fin du second Acte.

ACTE III.

SCENE PREMIERE.

TRAIAN, ARBILAN.

TRAIAN.

V'ont fait mes Lieutenans dans cette
conjonĉture ?
Deuoient-ils pas mourir ou vanger cet-
te injure ?

ARBILAN.

Pour calmer cet orage ils n'ont rien épargné.

TRAIAN.

Ils deuoient par leur ſang me l'auoir témoigné :
Dy ce que tu voudras, mais dans cette occurrence
Ils ont manqué de cœur autant que de prudence,
S'ils euſſent au pouuoir adiouſté la valeur
L'Eſtat ſeroit exempt de ce dernier malheur,

E ij

Et Rome qui gemit sous des frayeurs nouuelles
Seroit libre du soin de punir ces Rebelles.

SCENE 2.
LISIS, TRAIAN,
Courrier M.

LYSIS.

Vn Messager, pressé de vous entretenir
Demande cet honneur, le peut-il obtenir ?

TRAIAN.

Qu'il entre. Ie me trompe ou l'air de son visage
Est d'vn nouueau malheur le funeste presage,
Approche, & sans t'estendre en discours superflus
Expose librement ton message, & rien plus.

Messager.

Monarque redoutable, & digne qu'on l'adore,
Ie viens de ces climats qu'abbreuue le Bosphore,
Où i'ay veu depuis peu contre vous reuoltez,
Ces peuples qu'autrefois vostre bras a domptez.

TRAIAN.

Sçais-tu sous quel pretexte éclatte leur malice ?

Messager.

Non, Seigneur, si ce n'est cette sale auarice
Dont vostre Lieutenant sembloit estre taché.

TRAIAN.

Qu'en ont-ils fait enfin, parle?

Meſſager.

Ils l'ont attaché,
& par vne vengeance inhumaine & barbare,
Rempliſſant d'or fondu ſon eſtomac auare
Leur rage a voulu faire en acheuant ſon ſort
De l'objet de ſes vœux le ſujet de ſa mort.

TRAIAN.

Quelque horreur qu'on remarque en ce dernier
* ſupplice,*
I'y trouue de rigueur bien moins que de iuſtice,
Ils euſſent en ſa perte obligé les Romains
S'ils ne l'euſſent puni par de coupables mains,
Oüy ce peuple opprimé par ce chef infidelle
Pouuoit eſtre vangé ſans deuenir rebelle,
& c'eſtoit à moy ſeul qu'il deuoit recourir,
Sans m'vſurper le droit de le faire mourir.
Mais qu'ont fait les ſoldats ſouſmis à ſa conduite?
Conte-moy leur deſtin.

Meſſager.

Les vns ont pris la fuite,
Et les autres ſurpris dans les pieges tendus
Au moins ont eu l'honneur de s'eſtre defendus,

Mais n'ayant pas de force autant que de courage,
Ce peuple de leurs corps a fait vn tel carnage
Que le fleuue heritier des outrages du fer
En a porté le sang iusqu'au sein de la Mer.

TRAIAN.

Il est temps de s'armer contre leur violence
Puis qu'ils sont paruenus à ce poinct d'insolence
Il faut aller encor moißonner des lauriers,
Par l'effort glorieux de mille actes guerriers.
Mais Plotine paroist.

✶

SCENE 3.
PLOTINE,
TRAIAN,
ARBILAN,
MESSAGER.

✶

PLOTINE.

N'est-ce point vne offense
De pretendre au secret de cette conference ?

TRAIAN.

Madame, en ce moment i'allois vous aduertir
D'vn dessein que i'ay fait.

PLOTINE.

Quel dessein ?

TRAIAN.

De partir
Pour estouffer l'orgueil de deux peuples rebelles
Sous la iuste fureur de mes armes nouuelles.

PLOTINE.

Dieux! quels peuples ont pû se soustraire à vos loix?

TRAIAN.

Deux peuples oublieux de mes premiers exploits.
Mais ie mourray bien-tost, ou mon bras magnanime
Lauera dans leur sang la grandeur de leur crime.

PLOTINE.

Quoy! sans vous imposer cette necessité
Ne peut-on les punir de leur temerité?
Manquez-vous de lauriers? manquez-vous de
  Couronnes?
Assez pour cet exploit s'offrent d'autres personnes.
Assez d'autres Guerriers à vaincre destinez,
Rangeront sous vos loix ces peuples mutinez,
Sans vous soufmettre encore à de nouuelles peines
Au seul nom de Placide, & des armes Romaines,
Vous leur verrez changer malgré tous leurs projets
Le tiltre d'ennemis en celuy de subiets,
Permettez qu'il adiouste à ses autres conquestes
La gloire de calmer ces dernieres tempestes,
Vous n'auez qu'à donner l'ordre qu'il doit tenir.

TRAIAN.

Mais ie ne le voy plus.

PLOTINE.

Il n'oseroit venir,
La honte le retient.

TRAIAN.

Ah! la chaisne importune,
La honte ?

PLOTINE.

Oüy, se voyant trahi de la fortune.
Et le sort inconstant de sa gloire lassé
Ayant de sa grandeur tout l'éclat effacé,
Son destin malheureux & sa douleur profonde
Le tiennent éloigné du commerce du monde.

TRAIAN.

Quoy, Placide esloigné ?

PLOTINE.

I'ay sceu, mais sourdement,
Que par la cruauté d'un funeste Element
Ses maisons ne sont plus que poussiere & que cendre,
Et qu'enfin un destin qu'on ne sçauroit comprendre
Faisant d'autres malheurs aux flames succeder
L'a dépoüillé des biens qu'il souloit posseder.

TRAIAN.

TRAIAN.

A quelque autre ſujet i'impute ſon abſence,
Placide a trop d'eſprit & trop de cognoiſſance,
Pour douter que Trajan ne ſoit encor plus fort
Que la rigueur du Ciel & la rage du ſort:
Que le deſtin l'attaque, & qu'il le perſecute,
Quoy qu'attente ſa hayne, & quoy qu'elle execute,
Sous l'effort de ſes traits il ne peut ſuccomber,
Et ſi ie le ſouſtiens il ne ſçauroit tomber.
Qu'on le cherche par tout, & que l'on me rameine
Ce fameux Artiſan de la grandeur Romaine,
Dittes luy que charmé de ſes exploits guerriers
Ie deſtine ſa teſte à de nouueaux lauriers.
Madame ſi i'obtiens que Placide reuienne
A voſtre volonté ie conforme la mienne,
Autrement....

PLOTINE.

C'eſt aſſez, il ne peut eſtre loin,
& ſon bras n'oſeroit vous manquer au beſoin. ✶　　✶ Ils ſortent.

Meſſager.

N'ayant de ſa retraite aucune certitude,
Ce voyage a pour nous quelque choſe de rude.

ARBILAN.

Amy, quand nous deurions par des chemins diuers
De l'vn à l'autre bout courir tout l'Vniuers,

Il faut executer ce que Trajan desire,
A quoy t'amuses-tu ?

Messager.

             Ie regarde vn nauire
Assez mal equippé que le vent iette ici.

ARBILAN.

L'inutile entretien & le foible souci,
Qu'importe qu'il arriue ou qu'il faße naufrage.

Messager.

Me voila prest.

ARBILAN.

     Partons sans tarder dauantage.

✳

SCENE 4.
TYRSIS,
TEOPISTE lice.

TYRSIS.

Enfin malgré les vents de leurs gouffres sortis
Qui nous ont repoußez, d'où nous estions partis.
Enfin malgré le Ciel & l'horreur des tempestes
Dont le coup dangereux a menacé nos testes,
L'air s'est rendu serain, cet orage aceßé,
Et comme nos frayeurs le peril est paßé.
Vostre seule rigueur contre moy continuë,
Bien loing de la bannir, rien ne la diminuë;
L'air, les vents & les flots dans leur plus grand
    courroux

Se font montrez, pour moy plus fenfibles que vous.

TEOPISTE.

Enfin malgré les flots qui t'ouurans leurs abyfmes
T'ont fait voir le fejour où t'appellent tes crimes,
Ta flame continuë, & l'objet de la mort
Sur ta coupable ardeur n'a pû faire d'effort.
I'ay beau dans mes malheurs t'implorer ou me
*   plaindre,*
I'allume ton brafier plutoft que de l'efteindre,
Et tu fembles nourrir ton feu pernicieux
Du vent de mes foufpirs & de l'eau de mes yeux,
Qu'eft-ce que ma douleur n'a point mis en vfage
Pour toucher ta pitié, pour vaincre ton courage?
Cependant infenfible aux maux que i'ay foufferts
Au lieu de m'obliger, tu me charges de fers.

TYRSIS.

Mon cœur affujetti porte bien d'autres chaifnes,
Mais ne condamnez pas mes amoureufes peines
Si le feu que ie fens vous defplaift & vous nuit
Il en faut accufer vos yeux qui l'ont produit.

TEOPISTE.

Mes yeux! ah! foibles mains que n'eftes-vous ca-
*   pables*
D'efteindre pour iamais ces lumieres coupables,

Laiſſe-les moy punir, & tu verras combien
I'abhorre les autheurs de ton mal & du mien,
Tyrſis encor vn coup par les pleurs que ie verſe
Voy ce que ton amour ou ta rigueur exerce.
Voy que dans le deſſein où tu veux m'immoler
Tu bleſſes des reſpects qu'on ne peut violer,
Arreſte le progrez de ta fureur extreme,
Voy ce que tu me dois, ou plutoſt à toy-meſme,
Laiſſe agir ta raiſon, reigle mieux tes deſirs,
Et borne ton enuie à de iuſtes plaiſirs.
Ou ſi pour dementir ton rang & ta naiſſance
Tu ne veux t'éloigner d'vn projet qui m'offenſe,
Auant que commencer tes coupables efforts
Separe par pitié mon ame de mon corps :
C'eſt l'image d'vn Dieu, laiſſe-là toute pure,
Conſerue ſa beauté, ne luy fay point d'injure,
Elle peut à ton cœur ſous le vice abbatu
Abandonner ma vie, & non pas ma vertu.
Tyrſis à deux genoux......

TYRSIS.

        A quoy toutes ces larmes,
Puiſque ma paſſion ne peut rendre les armes,
Vos pleurs ny ma raiſon ne peuuent l'eſtouffer,
Trajane m'a ſceu vaincre, & i'en veux triompher,
Si ie me relaſchois d'vn ſi grand auantage
Ie manquerois d'eſprit autant que de courage,

Et mon cœur se croiroit digne de vos mespris
S'il quittoit vn combat dont vous estes le prix.
Croyez-moy consentez au deßein de me plaire,
Rien ne peut vous trahir en ce lieu solitaire.
Le silence a basti son trosne dans ces bois,
Le Ciel mesme a des yeux, mais il n'a point de voix.

TEOPISTE.

Si le Ciel a des yeux, cœur de sang & de terre,
Croy qu'il peut s'expliquer par la voix du tonnerre,
& que pour condamner & punir les humains
Il ne manque iamais de bouche ny de mains.
Qu'importe que ces bois soüillez par ta presence
Couurent ton attentat de l'ombre & du silence,
Si les yeux penetrants de ce Dieu que ie sers
Percent l'obscurité des plus sombres deserts,
Par tout il est present, il void que tu l'offenses,
Il void ce que tu fais, il sçait ce que tu penses,
Et cette solitude où tu sembles caché
Luy montre à descouuert l'horreur de ton peché.

TYRSIS.

En vain tu m'entretiens de ce Dieu chimerique,
Mon ame ne cognoist dans l'ardeur qui la pique
D'autre Dieu que l'amour.

TEOPISTE.

                 O blaspheme odieux!

TYRSIS.

Mais c'est trop differer , fay-toy de nouueaux
   Dieux ,
Et croy qu'il n'en est point que ta douleur inuoque
Dont mon cœur amoureux auiourd'huy ne se moc-
   que ,
Apres tant de refus & tant de cruauté
Il faut à mes plaisirs immoler ta beauté.

TEOPISTE.

Differe vn peu Tyrsis, & permets que mon ame
Dans l'excez, de son mal & l'horreur de ta flame,
Pousse encor vn souspir, ie ne veux qu'vn moment.

TYRSIS.

Depesche , ie languis.

TEOPISTE.

      Dieu qui vois mon tourment,
Et toy dont le beau corps n'eut iamais de soüillure,
Vierge toute feconde , & mere toufiours pure,
Puisque larmes ny cris ne me peuuent seruir,
Conseruez, mon honneur qu'vn Tyran veut rauir.
*Confondez. * Mais, bon Dieu ma voix est exaucee,*
Ton bras vient de vanger ta iustice offensee,
La Terre s'est ouuerte, & ce Monstre englouti,
De tes foudres lancez, a le coup ressenti.

* Tyrsis est
foudroyé.

ACTE III.

Quoy ? mes fers sont brisez, mes mains n'ont plus
  d'obstacle,
Dieu qui viens m'assister par ce double miracle,
Sousmise aueuglement au decret de tes loix,
Ie rends à tes faueurs les graces que ie dois,
Et si c'est ton dessein de conseruer ma vie,
Garde l'autre moitié qu'vn traistre m'a rauie,
Et fay que mon Espoux apprenne quelque iour
L'effect de ta bonté comme de ton amour.
Mais enfin il est temps de quitter ce riuage,
Il est temps de chercher vne main qui soulage,
Apres tant de trauaux ma misere & ma faim
Le Ciel m'offre à propos ce village prochain,
Allons-y rechercher vn traittement moins rude
Dans le sein de la mort, ou dans la seruitude. ✳　　　✳ Elle sort.

✳

EVSTACHE habillé en villageois.　　　SCENE 5.

  Sombre forest tristes riuages
Secretaires de mes douleurs,
Et qui de mes derniers malheurs
Estes la cause & les images,
Permettez qu'encor cette fois
Les accens de ma foible voix
Interrompent vostre silence,
Ne me condamnez pas, oyez-moy sans regret,
Si le sort me traittoit auec moins d'insolence
Ie pourrois estre plus discret.

    Ie ne puis que ie ne fouſpire
La perte de cette moitié,
Dont la preſence & l'amitié
Pouuoient adoucir mon martyre :
Et quoy que faſſe ma raiſon
Depuis l'enorme trahiſon
D'vn Corſaire lâche & funeſte,
Elle cede à l'amour qui me preſſe & me dit
Que ie dois immoler la moitié qui me reſte
Aux flots où l'autre ſe perdit.

    Et vous mes Enfans, ombres ſaintes,
Qui par vn accident fatal
Faiſant la moitié de mon mal
Faites la moitié de mes plaintes :
Puiſque vos Eſprits innocens
Parfument de vœux & d'encens
La main qui lance le tonnerre,
Ieunes interceſſeurs iettez ſur moy les yeux,
Et ſi ie vous donnay deux places ſur la terre
Rendez-m'en vne dans les Cieux.

    Attendant l'heureuſe iournee
Dont le fauorable ſecours
De mes ennuis & de mes iours
Doit acheuer la deſtinee :

                                        Sous

Sous ce champeſtre habilleme nt
Ie recherche vn déguiſement
Qui me dérobe à la fortune ,
Et de qui l'innocence ou bien la pauureté
Puiſſe tromper enfin cette aueugle importune
Qui m'a touſiours perſecuté.

Ma main tout d'vn coup abbatuë
Par l'horreur de ſon attentat,
Au lieu d'appuyer vn Eſtat
Guide le ſoc d'vne charruë,
De tant de belles actions
Dont i'eſtonnois les Nations
Mon ame a perdu la memoire :
Et mon nom eſtouffé dans le fleuue d'oubly
Void ſucceder à l'éclat de ſa gloire
La honte d'eſtre enſeuely.

Mais qui voy-je venir? ie cognois ces viſages.

✶

ARBILAN.

Ne nous rebutons point, courons tous ces villages
Ils les trauerſeront ou qu'ils veüillent aller,
S'ils n'ont comme vn Icare appris l'art de voler.

EVSTACHE.

Si le deſſein qu'ils ont ne trompe ma penſee
Ils vont pour quelque affaire importante & preſſee,

✶

SCENE 6.
ARBILAN,
MESSAGER.
EVSTACHE,

G

Il en faut, s'il se peut, sçauoir la verité,
Puis-je bien sans commettre vne inciuilité,
Dans le desir que i'ay de vous tirer de peine,
Demander quel sujet en ce lieu vous ameine ?

Messager.

Ie veux bien contenter ton esprit curieux,
Car ayant vne bouche aussi bien que des yeux,
Tu peux nous dire au vray si certain Gentilhomme
Dont le nom est la gloire & l'ornement de Rome,
N'a point pour s'embarquer pris ce chemin icy,
Suiui de deux enfans & d'vne femme aussi.

EVSTACHE.

Mes yeux n'ont point ioüy du bien de sa presence,
S'il ne s'est deguisé pour cacher sa naißance,
Et ie croy qu'il ne peut s'estre embarqué sur l'eau,
Car ie n'ay veu partir qu'vn malheureux vaißeau,
Où ie suis asseuré qu'il n'est point entré d'homme
Dont le nom soit la gloire & l'ornement de Rome.

ARBILAN.

Cognois-tu tout le monde ? ah ! le pauure Idiot.
Courons, cherchons ailleurs.

EVSTACHE.

Messieurs encore vn mot ?
Celuy que vous cherchez auecque tant de haste

N'a-t'il point ſous l'effort d'vne fortune ingratte
Veu perir depuis peu ſes ſuperbes Palais
Ses Terres, ſes treſors, ſes meubles, ſes valets ?

ARBILAN.

Qui t'a dit ſon deſtin ? Oüy, par vne diſgrace
Que nul autre malheur auiourd'huy ne ſurpaſſe,
Preſque dans vn moment Placide a tout perdu,
Mais ſi nous le trouuons tout luy ſera rendu.
Trajan noſtre Empereur qui l'ayme & qui l'eſtime
Peut & veut le tirer de ce profond abyſme,
Et luy rendant l'honneur de ſes premiers emplois,
Animer ſon courage à de nouueaux exploits.

EVSTACHE.

Mon Dieu quel nouueau feu dans mes veines s'al-
    lume
Qui par des mouuemens plus forts que de couſtume
Taſche de releuer mon eſprit abbatu.
Meſſager.
Ne nous arreſte point, à quoy t'amuſes-tu ?
Parle nous franchement, en ſçais-tu quelque choſe ?
EVSTACHE.
Mais le cognoiſſez-vous ?
ARBILAN.
            Qu'eſt-ce qu'il nous propoſe,
Si nous le cognoiſſons, ie l'ay veu mille fois,
Ie ſçay quel eſt ſon port, ſon viſage & ſa voix,

Et fuſt-il dans la bouë, ou chargé de couronnes,
Ie le recognoiſtrois entre mille perſonnes.

EVSTACHE.

Toutefois Arbilan, Placide....

ARBILAN.

                 Iuſtes Dieux!
Quel prodige nouueau ſe preſente à mes yeux?
Ah! Seigneur, eſt-ce vous que cet habit champeſtre
Nous a malgré nos ſoins empeſché de cogneſtre?
Excuſez, noſtre faute, & noſtre aueuglement.

EVSTACHE.

Vous n'auriez point failly ſans mon déguiſement,
Et ſans l'extremité du malheur qui m'accable,
Qui plus que mon habit me rend mécognoiſſable.
Mais quittons ce diſcours, partons me voila preſt,
Le Ciel de mon voyage a prononcé l'arreſt,
Le Ciel qui montre bien par l'ardeur qu'il m'inſpire
Qu'il y va de ſa gloire & du bien de l'Empire.
Il faut qu'vn Citoyen meure pour ſon païs.
Allez donc, Arbilan, dire que i'obeïs,
Que pour executer les ordres qu'on me donne
Il n'eſt point de peril où ie ne m'abandonne,
& que ie vay reprendre afin de les tenter
L'habit que les malheurs m'ont forcé de quitter.

ARBILAN.

Trajan ſera raui d'apprendre ces nouuelles.

Meſſager.

Pour les dire plutoſt courons, prenons des aiſles.

Fin du troiſieſme Acte.

ACTE IV.

SCENE PREMIERE.

AMINTOR, TEOPISTE.

AMINTOR.

IE vous croy, Teopiste, il n'en faut point
iurer,
Aucun mauuais desir ne vous fait
souspirer,
Et le feu de l'amour qui trouble la ieunesse
Ne fait point auiourd'huy la douleur qui vous
presse.
Confessez toutefois que vos pleurs répandus
Diroient bien des secrets s'ils estoient entendus,
Tant de sanglots tirez du fonds de la poitrine
Quoy que vous puissiez dire ont bien quelque ori-
gine,
Et celle qui les forme & les pousse dehors
Est sans doute malade, ou d'esprit, ou de corps.

TEOPISTE.

Il est vray que mes pleurs m'accusent de foiblesse,
Auec quelque raison ma presence vous blesse,
Puis qu'on doit en seruant montrer de gayeté
Autant que de ferueur & de fidelité,
Mais ie ne puis forcer quelque soin que i'y prenne
Le chagrin qui me ronge & qui vous met en peine.

AMINTOR.

D'où procede ce mal ?

TEOPISTE.

D'vn bien que ie n'ay plus.

AMINTOR.

Perdre le souuenir des biens qu'on a perdus
Est le plus court remede.

TEOPISTE.

Et le plus impossible,
La perte que i'ay faite est vn peu trop sensible,
Ma bouche en cet estat n'ose la publier,
Et mon cœur malheureux ne la peut oublier.

AMINTOR.

Il n'est point de douleur que le temps ne modere.

TEOPISTE.

Puis qu'il consomme tout c'est en luy que i'espere,

AMINTOR.

Cependant ?

TEOPISTE.

Cependant ie feray mon deuoir,
Forte d'affection, mais foible de pouuoir,
Et dans la seruitude où mon destin m'appelle
Si ie ne suis contente on me verra fidelle,

AMINTOR.

C'est dequoy, Teopiste, on ne sçauroit douter,
Mais il faut à cela quelque chose adiouster,
Et paroistre plus gaye, afin que ta tristesse
Dans la suite du temps ne fasche ta maistresse,
Assez d'autres sujets aigrissent son esprit,
I'estois ieune & galand alors qu'elle me prit,
Et par mille secrets capables de luy plaire
Ie sçauois le moyen d'appaiser sa colere,
Maintenant tout la broüille, & cet âge où ie suis
A changé ses beaux iours en de fascheuses nuits,
Si tu ne quittes donc cette melancolie
Nous irons de l'ennuy iusques dans la follie,
Et le sort inconstant s'il n'a pitié de nous
Fera de ma maison vn hospital de foux.

TEOPISTE.

Le succez, rendra faux ce funeste presage.

AMINTOR.

Oüy, si de souspirer tu veux perdre l'vsage
Et ioindre à la beauté dont tu peux nous rauir
Le desir de nous plaire & de nous bien seruir.

TEOPISTE.

I'y feray mes efforts.

AMINTOR.

Bien-tost dedans ces plaines
Nous verrons déployer les Enseignes Romaines.
On m'a dit que l'armee y doit camper ce soir,
La montre en est superbe, & ie sors pour la voir.
Va, retourne au logis. Mais desia ce me semble
Ie voy quelques soldats qui discourent ensemble,
Ils viennent droit icy, taschons d'apprendre d'eux
Où panchent de leur Chef les desseins genereux.

*

SCENE 2.
AMINTOR,
La fortune.
La fleur.

Amis tousiours le Ciel d'vn bon œil vous regarde.

La fortune.

Tousiours le mesme Ciel vous conserue en sa garde,
Que voulez-vous de nous ?

AMIN-

AMINTOR.

Apprendre seulement
Si l'armée en ce lieu campera longuement,
Et quels sont les Tyrans dont les coupables testes
Peuuent estre auiourd'huy l'objet de vos conquestes.

La fortune.

S'il faut croire aux discours que tiënent nos soldats
Le voyage est rompu, les Tyrans sont à bas.
Au seul bruit des lauriers qui couurent nostre armee
Leurs rebelles projets sont allez en fumee ,
Et la peur de perir leur a fait reclamer
La Clemence d'vn bras qu'ils auoient fait armer,
On va licentier les nouuelles Cohortes ,
Et du Temple de Mars fermer toutes les portes,
I'en suis au desespoir.

La Fleur.

I'en puis bien dire autant.

AMINTOR.

Pourquoy vous affliger si le peuple est content ?
Quel plaisir prenez-vous à voir tant de rauages ?
A piller , à brûler , à faire tant d'outrages,
Et voir dans des Estats , tristes & desolez,
Par la flame & le fer tant d'hommes immolez ?

La guerre, croyez-moy, n'eſt qu'vn mal biё eſträge
Dont le Ciel irrité nous punit & ſe vange,
Témoins tant de ſoldats qui nous tendent la main,
Pauures, eſtropiez, & qui meurent de faim.
Témoins tant de païs & de villes deſertes.

La Fleur.

Il n'eſt de maux ſi grands ny de ſi grandes pertes
Qui ne ſoient reparez par vn rayon d'honneur.

AMINTOR.

Pour perdre vn bien ſolide on cherche vn faux
    bonheur.
Voyez-vous mes Enfans, la guerre eſt legitime,
Lors qu'vn Prince prudent autant que magnanime
Taſche de proteger le foible & l'innocent
Contre l'oppreſſion d'vn voiſin trop puiſſant.
Ie ne la blaſme point, lors qu'vn peuple infidelle
Prenant la qualité d'ingrat & de rebelle
Force vn bras ſouuerain à luy faire ſentir
De ſa temerité le iuſte repentir,
Mais la faire autrement, c'eſt cõmettre vne iniure,
C'eſt offenſer le Ciel, c'eſt trahir la Nature,
Et changer laſchement par vn crime nouueau
La qualité d'arbitre en celle de bourreau.

La Fortune.

Le deffein de Trajan eftoit iufte fans doute.

AMINTOR.

Ie n'en murmure pas, i'y foufcris, & i'adioufte
Qu'il ne fçauroit faillir eftant bon comme il eft.
Mais c'eft affez, Adieu. ✶   ✶ Il fort.

La Fleur.

   Ce bon-homme me plaift,
Et dans tout fon difcours comme fur fon vifage
Ie n'ay veu que des traits d'vn homme de courage.

La Fortune.

Ah! que nos fentimens ont vn iufte rapport,
Amy cela me charme, & m'attache plus fort,
Ie voy que le deffein que i'ay fait de te plaire
Prouient d'vn mouuement qui n'eft pas ordinaire,
Puifque de iour en iour, de moment en moment
Ie cognois que mon cœur t'ayme plus tendrement.

La Fleur.

D'vn femblable defir mon ame eft enflammée,
A peine t'ay-je veu paroiftre dans l'armée
Que i'ay fait en moy-mefme vn ferment folemnel
D'offrir à ton merite vn feruice eternel,
Mais pour fe bien aymer, s'il faut fe bien cogneftre,

Dy-moy ſi tu le ſçais, quel climat ta veu naiſtre?
Apprends-moy ta fortune.

La fortune.

　　　　　　Il faut qu'auparauant
De ton propre deſtin tu me rendes ſçauant.

La Fleur.

Tu deurois commencer, ton aage le demande.

La Fortune.

Tu deurois obeïr, mon âge le commande.

La Fleur.

Et bien puis qu'il le faut prepare-toy d'ouyr,
Et dequoy t'eſtonner, & dequoy t'éjouyr.
Le ſang à qui ie dois le bien de ma naiſſance
Eſt illuſtre en effect, bien plus qu'en apparence;
Puis qu'vn ſort inconſtant nous a precipitez,
Du faiſte des grandeurs où nous eſtions montez,
Mon pere ayant ſouffert cette cheute importune
Fit deſſein de changer, & d'air, & de fortune,
Mais preſt à s'embarquer, vn Pyrate impudent
Redoubla ſes malheurs par vn triſte accident,
Et ce traiſtre vola par vne main infame
Le bien qui luy reſtoit en luy volant ſa femme.
Apres ce coup mortel digne de mes regrets
Vn frere qui ſeroit de voſtre âge à peu prés,

ET moy, qu'on reseruoit à de pires allarmes
Demeurasmes tous seuls pour essuyer ses larmes.
Enfin apres vn temps de broüillards obscurcy
Trauersant vn ruißeau par les pluyes grossy,
Vn Lyon sort du bois, & vient sans qu'on le voye
Saisir mon foible corps pour en faire sa proye.
Il alloit deuorer mes membres desia nuds
Lors que certains bergers par hazard suruenus
Tromperent sa fureur, & forcerent la beste
De vomir à leurs pieds sa derniere conqueste,
Ainsi...

La Fortune.

N'acheue pas, tu te mocques de moy.

La Fleur.

Ie dis la verité.

La Fortune.

Tu la dis, ie le voy,
Puisque de mot à mot tu redis mon histoire,
Toutefois en vn poinct tu manques de memoire,
Ou ceux qui t'ont appris le conte que tu sçais
Ont changé quelque chose en ce dernier succeζ,
Puis qu'au lieu d'vn Lyon c'est vn Loup dont la
   rage
A voulu sur mon corps commettre cet outrage.

La Fleur.

Vn Loup, vous m'estonnez.

La Fortune.

Cher Amy, si ie ments
Que le Ciel me destine à de pires tourments,
Que si quelques Bergers par vn cry secourable
N'eussent épouuenté cette beste effroyable
I'eusse esté sa victime, & ce Monstre inhumain
Eust assouui sur moy sa fureur & sa faim.

La Fleur.

Vous estes donc, bon Dieu!

La Fortune.

Quoy? ie suis Agapite.

La Fleur.

Oüy, par les mouuements que la Nature excite
Ie vous cognois mon frere.

AGAPITE la fortune.

Ah! qu'est-ce que ie voy?
Estes-vous Teopiste?

TEOPISTE la fleur.

Oüy mon frere c'est moy,
Qui sousmis par le Ciel à la mesme infortune
En receus vne grace à la vostre commune.

AGAPITE la fortune.

O rencontre inouye! ô Dieu ie vous benis
Et ne m'eftonne plus ſi nous ſommes vnis,
Puiſque pour contracter vne amitié ſi pure
Le merite s'eſt ioint auecque la Nature ,
Mais auant que le iour nous ait abandonné ,
Allons voir le logis que l'on nous a donné ,
Nous n'en ſommes pas loing.

TEOPISTE la fleur.

C'eſt ici , ce me ſemble.
On nous l'a deſigné tout proche de ce Tramble.

AGAPITE la fort.

Heurtez.

TEOPISTE la fleur.

Ie le veux bien.

✶

TEOPISTE mere.

Qui heurte ?

AGAPITE la fort.

Paroiſſez
Noſtre air & noſtre habit vous le diront aſſez.

TEOPISTE.

Demandez-vous le Maiſtre ?

✶

SCENE 3.

TEOPISTE.
AGAPITE,
TEOPISTE fils.

TEOPISTE la fleur.

O Dieu ! la belle hoſteſſe.

AGAPITE la fort.

N'importe de trouuer le maiſtre ou la maiſtreſſe
Pourueu qu'on nous reçoiue il ſuffit.

TEOPISTE.

A loger ?

TEOPISTE la fleur.

Oüy.

TEOPISTE.

Mais à ce deuoir qui nous peut obliger ?

AGAPITE la fort.

Vn billet que voila.

TEOPISTE.

Donnez que ie le voye.
Mais d'où naiſt en mon cœur cette ſecrette ioye.

TEOPISTE la fleur.

La belle en nous voyant a changé de couleur.

TEOPISTE liſant.

Au logis d'Amintor, la Fortune & la Fleur.
Eſt-ce vous ?

TEOPISTE

ACTE IV.

TEOPISTE la fleur.

Respondez.

AGAPITE la'fort.

Ie ne sçaurois le faire,
Et touché d'vn respect qui n'est pas ordinaire,
Sans sçauoir d'où ce charme est en moy prouenu,
I'ay peine d'aborder cet objet inconnu.
Oüy c'est nous.

TEOPISTE la fleur.

Mais, cachez sous ces deux noms de guerre.

AGAPITE la fort.

Il est vray.

TEOPISTE.

Dieu du Ciel, arbitre de la Terre!
Pourrois-je bien iouïr de ce contentement.
A ce conte on souloit vous nommer autrement?

TEOPISTE la fleur.

Oüy.

TEOPISTE.

Comment?

TEOPISTE la fleur.

Teopiste, & mon frere, Agapite.

I

TEOPISTE.

Helas! à ces deux noms mon bonheur reſſuſcite ,
Orphelins ?

AGAPITE.

Ie ne ſçay , car apres le malheur
Qui fit tomber ma mere au pouuoir d'vn voleur ,
Vn deſtin ennemy pour comble de miſere ,
Par vn autre accident nous rauit à mon pere.

TEOPISTE.

Il ſe nommoit ?

AGAPITE.

Placide.

TEOPISTE.

Ah ! ie n'en doute plus ,
Ces diſcours ſont pour moy des témoins ſuperflus ,
Par de chaſtes tranſports & des marques ſecrettes
Le ſang beaucoup plus fort me dit ce que vous eſtes.
Courage mes enfans trop plaints & trop aymez ,
Ouurez, pour m'embraſſer des bras que i'ay formez ,
& beniſſez la main dont la bonté ſupreme
Vous redonne vne mere & me rend à moy-meſme.

AGAPITE.

Confus de la faueur dont m'obligent les Cieux ,
A peine i'oſe ouurir la bouche ny les yeux.

Mes secrets mouuemẽs répondent bien aux voſtres,
Mais voſtre habit m'eſtone & m'en inſpire d'autres.

TEOPISTE.

Ne deliberez plus, dans vn moment d'ici
Voſtre eſprit ſe verra de doutes eſclaircy.
Cependant mon amour veut que ie me declare,
& ſi vous ne ſuiuez vn General barbare,
Que i'obtienne de luy par du ſang ou des pleurs,
Dequoy me conſoler apres tant de malheurs.
Menez-moy droit à luy, venez guides fidelles.

TEOPISTE fils.

Vous eſtes ſur le poinct d'en auoir des nouuelles,
Le voila qui s'approche en ſuperbe appareil,
Brillant parmi les ſiens comme vn autre Soleil.

✴

TEOPISTE.

Vous dont la ſage main par le cœur animée
Donne le mouuement au corps de cette armée,
Lieutenant ou Conſul excuſez par pitié
Mon trop d'impatience, ou mon trop d'amitié.
Celle que vous voyez à vos pieds proſternee
N'auoit pas autrefois la meſme deſtinee,
& l'Aſtre dont ma vie éprouue le courroux
Auoit vne influence & des aſpects plus doux.

✴

SCENE 4.
TEOPISTE.
EVSTACHE.
AGAPITE,
TEOPISTE fils.

I ij

EVSTACHE à part.

Iuste Dieu quel objet à mes yeux se presente ?

TEOPISTE.

Mais puisque la fortune vn peu trop inconstante
A voulu me reduire en l'estat où ie suis
Ie viens à vostre oreille exposer mes ennuis.

EVSTACHE.

C'est elle assurement ; mais retenons encore
Les iustes mouuements du feu qui me deuore.
Parle.

TEOPISTE.

Ie suis absente ou veufue d'vn Espoux
Esleué dans l'Empire au mesme rang que vous,
Apres le tour fatal d'vne funeste rouë
Qui du haut des grandeurs nous ietta dans la bouë,
Nous nous vismes soumis à la necessité
De cacher autre part nostre calamité.
Prests à nous embarquer vn Citoyen de Rome
Qui n'auoit rien d'humain que la forme d'vn hõme,
Dés que sur le riuage on nous vid arriuer
Trouua l'occasion de me faire enleuer.
Ie voulus m'écrier ; mais vn lasche complice
De sa fureur brutale & de son iniustice,

Me couurant d'vn manteau m'ofta tout à la fois
L'vfage de la veuë & celuy de la voix.
L'accident qui fuiuit cette trifte auenture
A peine fera creu dans la race future ;
Auffi ie m'en tairay pour vous folliciter
D'vne grace qui peut mes douleurs arrefter.

EVSTACHE.

Que veux-tu ?

TEOPISTE.

Deux foldats.

EVSTACHE.

Quels foldats ? les coupables
Qui par la trahifon dont ils furent capables
A ta chafte moitié firent ce lafche tour ?

TEOPISTE.

Non, mais ces innocens qui me doiuent le iour.

EVSTACHE à part.

Ah ! le plaifant objet, le rauiffant fpectacle,
Le Ciel pour les fauuer a donc fait vn miracle ?
Ie ne me trompe point, voila leurs mefmes traits,
Donnez quelque relafche à vos iuftes regrets,
Il faut que voftre mal deformais fe tempere,
Ie vous rends vos enfans, & vous offre leur pere, ✶ * Il ofte fon caf-
Teopifte ? que, & fe fait co-
noiftre.

TEOPISTE.

Ah! ie meurs d'aise & d'eſtonnement.

EVSTACHE.

Approche & contribuë à mon contentement,
Vien ſçauoir mon deſtin, & me dire ta vie
Depuis le dur moment que tu me fus rauie.
Vien noyer dans l'oubly noſtre malheur paßé,
Et releuer l'éclat de ton rang effacé.
Vous mes pourtraits viuãs dont i'ay pleuré la perte,
Puis qu'encore à mes yeux voſtre image eſt offerte
Venez me raconter quel heureux accident
Vous monſtre le matin apres voſtre occident.
Mais pour cet entretien ſur tout autre agreable,
Il faut chercher ailleurs vn lieu plus fauorable,
Et pour me ſoulager dans ce iuſte deſir
Auoir peu de témoins & beaucoup de loiſir.

TEOPISTE.

I'y conſens. Toutefois ſi ie ne ſuis deceuë
Ie voy parmy vos gens celuy qui m'a receuë,
Le deuoir où mon ſort ſe trouuoit engagé
M'oblige à ne partir qu'auecque ſon congé.

EVSTACHE.

Lequel eſt-ce?

TEOPISTE.

Approchez Amintor.

AMINTOR.

Ah ! Madame ,
Si la confusion que ie sens dans mon ame
Ne vous parle pour moy , quel merite puiſſant
Obtiendra le pardon de mon crime innocent ?

TEOPISTE.

Loin de vous accuser ie dois vous recogneſtre ,
Et prenant pour amy celuy qui fut mon maiſtre
Luy iurer vn seruice eternel & conſtant.

AMINTOR.

Ie ne veux qu'vn pardon, & puis ie suis content.

EVSTACHE.

C'eſt à moy d'adiouſter à des offres ſi iuſtes
De mon affection quelques marques auguſtes ,
Cette chaiſne , Amintor, eſt vn gage aſſeuré
De ce que Teopiſte en vos mains a iuré ,
De nos reſſentimens gardez ce témoignage.

AMINTOR.

Dieux ! à quelle action voſtre bonté m'engage ?
Icy l'authorité la Iuſtice deçoit ,

Et qui deuroit donner est celuy qui reçoit.
O couple genereux, puißent les destinees
Aux heures d'Amintor mesurer vos annees,
Et sans rien alterer de vos contentemens
Vous donner plus de iours que ie n'ay de momens.

TEOPISTE.

Adieu, de tes souhaits le Ciel te recompense.

AMINTOR.

Qui iamais de ce bien eust conceu l'esperance ?
Ma femme oyant tantost ce qui m'est arriué
Croira que ie l'inuente ou que ie l'ay resué,
Ce present toutefois à son esprit auare,
Confirmera l'effect d'vn accident si rare.

Fin du quatriesme Acte.

ACTE

ACTE V.

SCENE PREMIERE.

ORMOND Preteur, ARBILAN, Soldats.

ORMOND.

AMIS, puisque Placide a pû les meriter
De nos iustes deuoirs allõs nous acquitter,
Et pour vn monumẽt d'eternelle memoire
Dreſſons luy des Autels au Temple de la Gloire,
Si du coupable orgueil de ces peuples ingrats
Son nom a triomphé que n'euſt pas fait ſon bras?
Mais ie le voy paroiſtre.

★

     Ah! genereux Placide,
En qui de cet Eſtat l'eſperance reſide,
L'Empereur m'a chargé d'offrir à vos deſirs
Tout ce qu'il a de biens, & Rome de plaiſirs.
Vos vertus dont l'éclat brille par tout le monde,
Sont, de gloire & d'amour vne ſource feconde,
Et qui n'eſt pas charmé de vos faits glorieux
Manque pour les cognoiſtre ou d'oreilles ou d'yeux.

★

SCENE 2.
ORMOND,
EVSTACHE,
ARBILAN.

K

EVSTACHE.

Du bonheur de l'Eſtat ie ne ſuis point la cauſe,
Sur des bras plus puiſſants cet Empire repoſe,
Et de quelques honneurs qu'on me flate auiour-
　　d'huy
On ne m'en doit nommer ny l'eſpoir, ny l'appuy.
Ie viens donc receuoir cette marque d'eſtime,
Non comme d'vn deuoir le tribut legitime,
Mais comme vne action par qui voſtre bonté
Se veut rendre admirable à la poſterité.

ORMOND.

Ie ſçay bien que des Dieux la faueur couſtumiere
De nos proſperitez eſt la cauſe premiere,
Apres eux toutefois le repos des Romains
Se peut dire à bon droit l'ouurage de vos mains.
Mais de quelque bonheur qu'on vous ſoit tributaire
Ie veux bien conſentir afin de vous complaire,
Que de noſtre ſalut les premiers inſtrumens
Soient les premiers obiets de vos reſſentimens.
Allons donc grand guerrier contenter voſtre zele,
Et parmy l'appareil d'vne pompe nouuelle
Porter de nos Autels iuſques dedans les Cieux
Les hommages ſacrez que nous deuons aux Dieux.
Allons, qui vous retient ?

EVSTACHE.

Ces deïtez friuoles,
Ces fantofmes parlans, ou plutoft ces Idoles,
Que voftre efprit deceu reuere en tant de lieux,
En vn mot ces Demons que vous nommez vos
    Dieux,
Sont des objets trop bas pour des vœux legitimes,
Ie ne cognois qu'vn Dieu, qui chargé de nos crimes
Pour contenter fon pere & flefchir fon courroux
Sur l'Autel de la Croix s'eft immolé pour nous.

ORMOND.

Dieux que viens-je d'ouyr? ah! r'entrez en vous-
    mefme,
Placide, ofez-vous bien proferer ce blafpheme?
Croyez-moy parlez mieux, voyez ce que ie fuis,
Et fi vous vous aymez craignez ce que ie puis.

EVSTACHE.

Ie fçay de quel pouuoir voftre charge eft fuiuie,
Mais quoy que vous foyez arbitre de ma vie,
Ce corps impatient de reuoir fon autheur
Ne craint point de s'offrir à fon perfecuteur,
Enfin ie fuis Chreftien. *

* Dés qu'il a pro-
noncé ce mot
ceux qui le fui-
uoient l'aban-
donnent.

ORMOND.

Encore vn coup, Placide,
Eſtouffez, le deſſein d'eſtre voſtre homicide,
La pitié me combat, & i'ay honte de voir
Où vous porte l'horreur de voſtre deſeſpoir.
Ioignez, quelque prudence auec tant de merite,
Et puis qu'en ce moment tout le monde vous quitte,
Iugez, iugez, combien ce nom contagieux
Produira contre vous d'effects prodigieux.

EVSTACHE.

Ie perds auec plaiſir cette troupe importune
De laſches partiſans de ma bonne fortune,
Et ie puis ſans rien craindre affronter le trépas
Si le Dieu que ie ſers ne m'abandonne pas.
Son beau nom trois fois Sainct, malgré les iniuſtices
Malgré tous les bourreaux: & malgré les ſupplices
D'âge en âge porté par des hommes conſtants
Vaincra la tyrannie & l'injure des temps.

ORMOND.

Que de ſon propre bien voſtre ame eſt ennemie,
De ce degré d'honneur tomber dans l'infamie
Quelle cheute, Placide, & quel aueuglement?

EVSTACHE.

Ie trouue ma grandeur dans cet abbaiſſement,

En cette occasion ma honte fait ma gloire
Et me perdant ainsi ie gagne vne victoire.

ORMOND.

Si rien ne peut toucher voſtre eſprit obſtiné,
Vous cognoiſſez nos Loix.

EVSTACHE.

       Qu'ont-elles ordonné ?

ORMOND.

Que tout Chreſtien periſſe.

EVSTACHE.

       O la belle Ordonnance !

ORMOND.

Nul encor de ces loix n'a receu la diſpenſe
Et quelque cruauté qu'on me puiſſe imputer
L'Empereur m'a preſcrit de les executer.

EVSTACHE.

Puiſque par leurs decrets l'innocence eſt vn crime,
Preparez vn Autel, voici voſtre victime
Toute preſte à ſouffrir la rigueur de vos coups.

ORMOND.

Placide, pour cela ie me ſaiſis de vous,
Rendez-moy voſtre eſpee. O courage inuincible !

ACTE V.

EVSTACHE.

Iadis à cet affront i'aurois esté sensible,
Mais auiourd'huy le nom pour lequel ie combats
A besoin de mon cœur & non pas de mon bras.

ORMOND.

De tant d'exploits guerriers refuser la Couronne!

EVSTACHE.

On les doit méprifer fi le Ciel ne les donne.

ORMOND.

Emmenez-le foldats, & ie vay cependant
Informer l'Empereur de ce trifte accident,
On ne peut luy donner de moindre recompenfe
Que de tenir fa mort quelque temps en balance.
Mais Trajane paroift, auant que de partir
D'vn mal qui la regarde il la faut aduertir.

✶ ✶

SCENE 3.
ORMOND,
TEOPISTE.
ARBILAN,
AGAPITE,
TEOPISTE fils.

Madame auriez-vous creu, mais dois-je vous le
dire ?

TEOPISTE.

Quoy ?

ORMOND.

Que par vn malheur fatal à cet Empire

Placide opiniaſtre euſt enfin preferé
A l'honneur du triomphe vn treſpas aſſeuré.

TEOPISTE.

Comment ?

ORMOND.

Il eſt Chreſtien.

TEOPISTE.

L'a-t'il dit ?

ORMOND.

Oüy, Madame,
Sa bouche a découuert les ſecrets de ſon ame.

AGAPITE.

S'il l'a dit.

TEOPISTE.

Taiſez-vous, ne pourrois-je le voir ?

ORMOND.

Contraint de m'acquitter de ce faſcheux deuoir
Ie l'ay fait priſonnier ; toutefois s'il vous reſte
Quelque charme pour rompre vn deſſein ſi funeſte,
Vous pourrez l'employer, adieu, n'eſpargnez rien,
Car il perdra la vie, ou le nom de Chreſtien.
Faites qu'elle luy parle.

Soldat.

En secret?

ORMOND.

Il n'importe.

TEOPISTE.

Helas dans quel peril ma foiblesse me porte !
Qu'on void d'incertitude en l'esprit des humains,
Ie brûle, ie fremis, ie desire, ie crains,
Et de quelque repos que ma mort soit suiuie
Ie redoute le coup qui doit m'oster la vie.
Enfans que ie cheris beaucoup plus que le iour,
Témoins de nos malheurs, gages de nostre amour,
Allez, trouuer Placide, & faites-luy cognestre
Qu'il doit se conseruer pour ceux qu'il a fait naistre,
Faites qu'il vous escoute, & qu'il ne meure pas,
Ou s'il ne peut sans crime éuiter le trépas,
Dittes qu'il le differe, & qu'il faut qu'il m'attende
Puisque le Ciel le veut & ma foy le commande.

AGAPITE.

Où le trouuerons-nous ?

Soldat.

Au logis du Preteur.

TEOPISTE.

TEOPISTE.

Ou plutoſt au logis de ſon perſecuteur.
Amy conduiſez-les. Mais Plotine s'auance,
Employons ſon pouuoir, implorons ſa clemence.

✶

PLOTINE.

✶

SCENE 4.
PLOTINE,
TEOPISTE.

Trajane qu'auez-vous qui vous force à pleurer ?
Auez-vous quelque choſe encore à deſirer ?
Sous le faix des grandeurs & de tant de trophées
Vos douleurs que ie croy doiuent eſtre eſtouffees.

TEOPISTE.

L'eſclat de ſes grandeurs facile à ſe ternir
Augmente ma diſgrace, au lieu de la finir,
L'excez de la clarté nous met dans les tenebres,
Nos pompes ne ſont plus que des pompes funebres,
Et malgré tant de gloire & de trauaux ſoufferts
Placide a veu changer ſon triomphe à des fers.

PLOTINE.

A des fers?

TEOPISTE.

Oüy, Madame, il faut que ie confeſſe
Que le mal qu'il reſſent fait toute ma triſteſſe.
Mais ſi le ſouuenir des illuſtres exploits
Dont il porta ſi loing vos bornes & vos loix,

L

Si tant de longs trauaux, si le sang ou les larmes
Pour empescher sa mort sont d'assez fortes armes,
Madame par pitié destournez ce malheur,
Et rendez-vous sensible aux traits de ma douleur.

PLOTINE.

Dequoy l'accuse-t'on ?

TEOPISTE.

I'ignore son offense.

PLOTINE.

Pourroit-on sous des fers voir gemir l'innocence ?
Voudroit-on de l'Empire abbatre le soustien ?

TEOPISTE.

Sa vertu le trahit, & le nom de Chrestien
Est tout ce qu'on impute à ce cœur magnanime.

PLOTINE.

Quoy n'est-ce pas assez ? peut-on trouuer de crime
Qui ne cede à celuy de ces lasches esprits,
Qui couurants nos Autels d'vn iniuste mespris
Font esclater par tout leur puissance magique,
Et menacent l'Estat de quelque fin tragique?
Trajane ie ne puis que plaindre vostre sort,
Mais ne vous flattez point, s'il persiste il est mort,
Quoy qu'il eust entrepris, & quoy qu'il eust pû faire,
Eust-il trempé ses mains dans le sang de son pere,

I'euſſe pû d'vn ſeul mot ſon pardon obtenir,
Et nul homme auiourd'huy n'euſt oſé le punir.
Mais touchant le forfait dont Placide eſt coupable,
De parler ſeulement ie me trouue incapable,
Puiſqu'en cette matiere vn decret ſolemnel
Punit l'interceſſeur comme le criminel.

TEOPISTE.

Vous me refuſez donc?

PLOTINE.

Ie ne puis autre choſe,

Adieu.

TEOPISTE.

Quelle rigueur! quelle metamorphoſe!
Fondez quelque eſperāce aux promeſſes des grands.
Iuſte Dieu c'en eſt fait, ie cede, ie me rends,
La foibleſſe du ſexe a fait ma reſiſtance,
Pardonne à mes defauts ce defaut de conſtance,
Pour eſtouffer l'ennuy qui me vient deuorer,
C'eſt ta ſeule bonté que ie dois implorer,
Vien donc à mon ſecours, c'eſt en toy que i'eſpere,
Quitte le nom de Iuge, & prends celuy de pere .
Et donne-moy la gloire auecque le plaiſir,
De ſeconder Placide en ſon iuſte deſir.
Ah! que ie ſens de zele & de force en mon ame,
Elle n'eſtoit que glace, elle n'eſt plus que flame,
Mon cœur malgré l'horreur des ſupplices nouueaux,

Va mépriser la rage & la main des bourreaux.
Sus donc, que tardons-nous mon Euſtache m'appelle,
Cueillons auecque luy cette palme immortelle,
Auſſi bien i'apperçoy le Preteur qui reuient.

★

SCENE 5.
ORMOND,
ARBILAN.
Soldats.

ORMOND.

Vous l'aueȝ pû cognoiſtre aux paroles qu'il tient.
Il n'eſt point de fureur eſgale à ſa colere,
Quand Placide auiourd'huy ſeroit ſon propre pere,
S'il ne change il mourra, l'Empereur m'a preſcrit
De tourmenter ſon corps, d'affliger ſon eſprit,
Afin que la rigueur d'vne peine ſi dure
Paſſe pour vn exemple à la race future.

ARBILAN.

C'eſt dommage pourtant.

ORMOND.

      Ie le plains comme vous,
Mais n'ayant pû du Prince appaiſer le courroux,
A ce faſcheux Arreſt il faut que i'obeiſſe,
Et malgré nos ſouhaits que Placide periſſe,
I'ay deſia deſſeigné le genre de ſa mort,
Trajane toutefois a deu faire vn effort,
Voyons ſi les attraits qu'elle a mis en vſage
Auront eu le pouuoir d'alterer ſon courage.
Ils ne ſont pas bien loing qu'on les faſſe venir.

A ce premier abord ie veux me retenir,
Mais pour le punir mieux, si comme ie le pense
Son esprit obstiné lasse ma patience.

ARBILAN.

Peu de ces enragez, sur le poinct d'expirer
Ont changé de dessein, leur gloire est d'endurer,
Et ie croy que la mort a pour eux des delices,
Puis qu'on les a veu rire au milieu des supplices.

*

ORMOND.

Les voici, mais sans doute à voir sa gayeté
Trajane du combat a le prix emporté,
Que Placide a des yeux & modestes & graues,
Il semble qu'il conduit mes soldats comme esclaues.
Et bien cœur endurcy qu'auez-vous resolu ?
Parlez, ne celez rien.

EVSTACHE.

Tout ce qu'ell'a voulu.

ORMOND.

Ah! Madame on vous doit le salut de l'Empire,
Il faut vous couronner.

TEOPISTE.

Oüy, mais par vn martyre,

*

SCENE
derniere.
ORMOND,
EVSTACHE.
TEOPISTE.
AGAPITE,
TEOPISTE fils,
ARBILAN,
Soldats.

Ie n'ay point d'autre Dieu que le Dieu des Chre-
ſtiens,
Comme luy ie l'adore, & me mocque des tiens.

AGAPITE.

Cette confeſſion de la noſtre eſt ſuiuie,
N'ayant qu'vn meſme ſang nous n'auons qu'vne
    enuie.

ORMOND.

Laſche confeſſion! ah! ie meurs de dépit,
Trajane? de vos ſens la vigueur s'aſſoupit.
Quoy, vous mépriſez, donc nos Autels & nos
    Temples,
De tant d'hommes punis les funeſtes exemples
Ne portent point d'horreur qui vous puiſſe toucher?

TEOPISTE.

Expoſe-moy viuante aux flames d'vn bucher,
Montre moy ſi tu veux vn gibet, vne rouë,
Ce ſont de petits maux dont mon ame ſe iouë,
Apres tant de foibleſſe ou tant d'impieté
Ie ne ſçaurois ſouffrir ce que i'ay merité.

ORMOND.

En vain tu fais paroiſtre vne ame ſi conſtante,
La mort a des regards dont le trait eſpouuente,
Et ie veux que ton cœur tant ſoit-il aſſeuré
S'ébranle au ſeul objet du tourment preparé.

Vn deſſein criminel ne manque point d'obſtacle,
Qu'on découure à ſes yeux cet horrible ſpectacle.

Il luy fait voir le Taureau enflam-
mé.

EVSTACHE.

Eſt-ce là mon tombeau ? mourons me voici preſt,
Ce Taureau me rauit, & ce braſier me plaiſt.
Mais ſi quelque pitié dans voſtre ame ſe gliſſe,
Sauuez ces deux enfans de ce dernier ſupplice,
Sauuez cette beauté dont le ſexe innocent
Pour vous troubler iamais n'a qu'vn bras impuiſ-
    ſant.
La Nature & les loix defendent qu'on l'opprime,
C'eſt moy qu'il faut punir, puiſque i'ay fait ſon crime
Moy dont les ſentimens eſtans maiſtres des ſiens
Ont engagé ſon ame au party que ie tiens.

TEOPISTE.

Helas que t'ay-je fait ! & par quelle iniuſtice
Placide en te ſauuant veux-tu que ie periſſe ?
Et que pour euiter la peine d'vn moment
Celle que tu cheris ſouffre eternellement ?
S'il faut ſauuer quelqu'vn, c'eſt toy qui le merites,
Ton bras a de l'Empire eſtendu les limites,
Et l'Eſtat auiourd'huy peut vn blaſme encourir,
Si l'ayant pû ſauuer il te laiſſe perir,
Donc pour le dérober à des peines ſi dures,
Eſcoutez par pitié la voix de ſes bleſſures,
Conſultez ſes exploits, & pour vous émouuoir

Comme ses actions pesez vostre deuoir.
Sauuez auecque luy ses viuantes images,
Rome doit s'affermir par ces ieunes courages,
Qui dignes heritiers d'vn pere glorieux
Peuuent rendre son nom redoutable en tous lieux.
Destournez de leurs yeux l'objet de ces supplices,
Separez la vertu de la peine des vices,
Ou croyez quelque mal qu'ils puissent auoir fait
Qu'il ne faut que mon sang pour lauer leur forfait

AGAPITE.

Vostre sang? ah! Madame, auant que ie l'endure
On verra peruertir l'ordre de la Nature,
Ie vous dois la lumiere, & la perdre pour vous
Est vn iuste deuoir auquel ie me resous.
Ou si l'ingratte main d'vn Tyran implacable
Signant de vostre mort l'arrest irreuocable,
Ne veut pas que mon sang du vostre soit le prix,
A mépriser le iour mon courage est appris.
Ie dois finir mon sort par vn mesme supplice,
Ou comme autheur du mal ou bien comme complice.

TEOPISTE fils.

Seigneur, puisque mon frere a formé ce dessein,
Ouure à nos iustes vœux ton oreille & ton sein,
Quand ils auroient failly, n'est-ce assez pour leur crime
                                        D'offrir

D'offrir à ta rigueur vne double victime,
Espargne ces Amants, ne lance que sur nous
Les traits de ta iustice ou ceux de ton courroux,
Ie ne quitteray point tes genoux que i'embrasse,
Qe ton cœur imploré ne m'ait fait cette grace,
Seigneur.

ORMOND.

Va, leue-toy, foible, mais genereux,
Et digne d'estre né d'vn homme plus heureux.
Si tu n'és aueuglé, Placide, considere
Ces enfans attachez au destin de leur pere
Voy que par les transports d'vn esprit forcené
Tu leur ostes le iour que tu leur as donné.
Mesure encor vn coup les grādeurs qui t'attendent
A la honteuse fin que tes crimes demandent,
Placide repents-toy, retourne à nos Autels,
Ie vay te preparer des honneurs immortels.

EVSTACHE.

Les honneurs que le Ciel ordonne que i'obtienne
Me viendront d'vne main plus riche que la tienne,
I'abhorre auec raison tes presents criminels,
Et ne veux plus de biens s'ils ne sont eternels.
Leue donc le bandeau dont ta hayne est couuerte,
Prononce mon salut en prononçant ma perte,
Pourueu . . .

M

ORMOND.

N'en parle plus, il eſt temps que la mort
Reigle vos differends, & vous mette d'accord.
Puiſque voyant le port tu cours à ton naufrage,
Ie veux en ce moment ſatisfaire à ta rage,
Contenter ta follie, & te faire éprouuer
Le plus rude tourment que l'on ſçauroit trouuer.
Ouurages dangereux d'vn corps melancolique,

Il s'addreſſe aux Enfans. Capables d'infecter toute la Republique,
Puiſque cet obſtiné n'eſt pas preſt à changer,
Commencez, les douleurs dont ie veux l'affliger.
Mourez.

TEOPISTE.

Ah! quel arreſt.

AGAPITE.

Mon frere que t'en ſemble.

TEOPISTE fils.

Ie ſuis preſt.

AGAPITE.

Allons-donc, & mourons tous enſemble,
Ce Theatre eſt vn champ où naiſſent les lauriers,
Pour en cueillir pluſtoſt montons-y les premiers.

EVSTACHE.

Allez mes chers enfans.

TEOPISTE.

      Allez, couple fidelle,
Ou d'vn Dieu tout puiſſant la gloire vous appelle.
Adieu.

AGAPITE.

Pourquoy des pleurs, ils ſont hors de ſaiſon.

TEOPISTE.

La Nature les pouſſe & non pas la raiſon,
Allez, ie n'en puis plus, ma voix meurt en ma bou-
   che.

ORMOND.

Cette perte inſenſé n'a donc rien qui te touche?
Meſnage mieux ton ſang, ſauue-les du trépas,
Placide ils ſont perdus, s'ils ſont encore vn pas.

EVSTACHE.

Il n'importe.

ORMOND.

Acheuez.

AGAPITE.

      Roy du Celeſte Empire
Pour nos perſecuteurs nous t'offrons ce martyre. ✶ *Ils ſe iettent*
                                       dedans.

ARBILAN.

Qui iamais en mourant parut ſi genereux.

ORMOND.

Trajane suiuez-les.

TEOPISTE.

   C'est tout ce que ie veux,
Le feu que ce desir dans mes veines allume
Esgale pour le moins celuy qui les consume.
Adieu donc mon Eustache, adieu mon cher Espoux
Ie commence à mourir me separant de vous,
Et ne puis resister aux transports dont me presse
Cette necessité qui fait que ie vous laisse.
Mais pour nous rassembler faites quelques effors
Afin que de nos cœurs ainsi que de nos corps
Ce tombeau mugißant où ie m'en vay descendre,
Montre encor l'vnion par vne mesme cendre,
Me le promettez-vous ?

EVSTACHE.

   Oüy, partez seulement,
Vous ne me deuancez que d'vn simple moment,
Qu'à l'objet du peril vostre ame ne s'estonne,
Dieu du plus haut des Cieux vous tend vne Cou-
 ronne;
Heureuse Teopiste admirez vostre sort,
Vous allez au triomphe, & non pas à la mort.

TEOPISTE.

En effect ces degrez font des degrez de gloire.
I'approche du combat.

EVSTACHE.

        Dittes de la victoire.

TEOPISTE.

Dieu l'vnique refuge & l'espoir des humains
Ie resigne ma peine & ma mort en tes mains. ✶   ✶ Elle se iette.

ORMOND.

Quoy tu la vois perir fans changer de visage ?
Quelle brutalité ! mais plutost quel courage !
Va, cœur denaturé, meurs, c'est trop differer.

EVSTACHE.

C'est le plus grand bonheur que ie puisse esperer
I'ay regret feulement de n'en estre pas digne.
Mais puisque ie reçoy cette faueur insigne,
Que ie baise la main de qui l'authorité
A tracé le decret de ma felicité.
Adieu ie tarde trop, volons. Dieu de nos ames
Ie te donne mon cœur, & mon corps à ces flames.

N iij

  # A C T E V.

ORMOND.

O sort digne d'enuie ! ô trespas glorieux !
Mais qu'est-ce que i'entends ? que voyez-vous mes
    yeux,
Ces bien-heureux esprits auec mille loüanges
Sont emportez au Ciel sur les aisles des Anges.
Venez executeurs de nos lasches desseins, *
Et tournez contre moy vos sacrileges mains,
Tout n'est pas acheué, ie suis de la partie,
Leur exemple puissant mon ame a conuertie.
Mais ie ne voy personne, ah ! c'est trop discourir,
Allons publiquement & le dire & mourir.

* Il cherche les bourreaux.

F I N.

Extraict du Priuilege du Roy.

PAR grace & priuilege du Roy donné à Paris le 23 iour de Nouemb. 1648. Signé, Par le Roy en son Conseil, LE BRVN, Il est permis à ANTOINE DE SOMMAVILLE Marchand Libraire à Paris, d'imprimer ou faire imprimer, vendre & distribuer vne piece de Theatre intitulée S. Eustache Martyre, par le sieur Baro, durant le temps & espace de cinq ans, à cópter du iour qu'il sera acheué d'imprimer : Et defenses sont faites à tous Imprimeurs, Libraires & autres, de contrefaire ledit Liure, ny le vendre ou exposer en vente d'autre impression que de celle qu'il a fait faire, à peine de quinze cens liures d'amende, & de tous despens ; dommages & interests , ainsi qu'il est plus amplement porté par lesdites Lettres, qui sont en vertu du present extraict tenuës pour bien & deuëment signifiées, à ce qu'aucun n'en pretende cause d'ignorance.

Acheué d'imprimer pour la premiere fois le 1. Iuillet 1649.

Les Exemplaires ont esté fournis.

Bergole